J'exagère à peine

Fabrice Colin

J'exagère à peine

SEUIL

Couverture : Hubert Van Rie

ISBN : 979-10-235-1180-2
www.seuiljeunesse.com

Conforme à la loi n°49-956 du 16 juillet 1949
sur les publications destinées à la jeunesse.

« En dehors du chien, le livre est le meilleur ami de l'homme.
En dedans, il fait trop noir pour y lire. »

Groucho Marx

1

Si ma mère, parvenue au seuil de la mort, se retrouvait face à un type lui demandant de choisir entre une éternité au paradis et une éternité à Disneyland, je suis sûr qu'elle s'allumerait une clope et qu'elle soufflerait la fumée au visage du malotru. « Pardon, lâcherait-elle en rajustant son serre-tête Mickey à 2,99 €, mais en quoi réside la différence ? »

Ma mère adore Disney (si vous connaissez un verbe supérieur à « adorer » qui ne soit pas juste « adorer » avec quelques « o » en plus, contactez mon éditeur : un radio-réveil à modulation de fréquence vous sera offert). À en croire mon regretté paternel, il s'agit d'une tare de naissance. Je pense désormais que c'est plus compliqué que ça – mais peu importe. Ma mère vénère les parcs Disney, chérit les peluches Disney, idolâtre les films Disney et connaît toutes les chansons Disney par cœur, y compris ce titre méchamment débile interprété par un phacochère en surpoids : elle vous les chantera même si vous ne le lui demandez pas.

Trois mois avant ma naissance, quand il lui a été confirmé par son médecin qu'elle était enceinte et qu'il ne s'agissait pas, comme elle l'avait cru un temps, d'une blague du préposé à l'échographie, ma génitrice s'est subitement métamorphosée en princesse : sans prévenir, devant son bol de café. Vous avez le droit de ne pas me croire (ça vaut pour tout le reste du livre), mais les faits sont les faits.

– Nous allons donner une fête, a décrété ma mère.

« Donner une fête » : qui employait encore cette expression dans les années 70 ? Mon père aurait dû se méfier – comprendre que ce que sa femme avait en tête n'était pas une simple soirée entre amis. Las ! il n'a pas relevé, se contentant d'un « parfait » de circonstance. Ma mère s'est assise en face de lui et s'est emparée d'une feuille et d'un stylo.

– Les gens viendront costumés.

Elle a commencé à griffonner. Treize bonnes secondes se sont écoulées avant que mon père abaisse son journal.

– Répète ce que tu viens de dire ?

– Il va falloir que je repense *intégralement* la décoration du salon.

– Une petite minute…

Son instinct de survie venait de se réveiller : un peu tard, malheureusement.

– L'endroit doit renfermer au moins une salle de bal, a précisé ma mère. C'est tout de même de ta fille qu'il s'agit.

– Pure déraison. Nous ne savons même pas si c'est une fille.

– Je n'ai aucune envie d'écouter tes sornettes, a répliqué ma mère en replongeant dans sa liste. Tout de même, je me demande si nous ne devrions pas inviter les Morin.

– J'ai traité Jacques d'abruti grand format il y a un an.

– Précisément. Tu sais comment sont les gens. Je ne tiens pas à ce qu'il lance une malédiction sur notre fille.

– Chérie, tu es sûre que ça va ?

À cette époque, mon père ne connaissait pas encore très bien ma mère. Je veux dire par là qu'il n'était pas parvenu à ce point où la folie de l'autre est devenue une composante tout à fait banale de votre couple. Telle une écolière appliquée, ma génitrice en devenir peaufinait sa liste en tirant la langue.

– Les Delplanque, obligé : ils règnent sur le royaume voisin. La gardienne ? Je crois que c'est une sorcière. Une gentille, toutefois. Je la note.

Mon père s'est raclé la gorge.

– Chérie.

– Il faudra aussi que nous évoquions le prénom de notre fille. Je pensais à Bouton de Rose, mais je me demande si ce n'est pas déjà pris.

– Chérie, nous ne sommes pas dans un dessin animé.

Ma mère a relevé la tête, ses paupières réduites à deux fentes inquisitrices. Mon père n'aurait pu formuler une sentence plus blasphématoire.

– Je te demande pardon ?

Mon père a regardé autour de lui tel un bébé gnou entouré de hyènes souffreteuses. Même le réfrigérateur avait cessé de bourdonner.

– Ce que je veux dire, c'est que nous – hum… Nous devrions peut-être nous efforcer de vivre plus en phase avec notre époque.

Comme si elle venait de saisir le sens de la plaisanterie, ma mère a secoué la tête.

– Tu as de la chance qu'une reine ne puisse divorcer de son roi, a-t-elle lâché en biffant un nom sur sa liste. Les Garnier, inutile. Ils ne croient tellement pas en la magie que Lucette vient de postuler pour un emploi de secrétaire administrative au barreau de Paris.

Mon père et ma mère n'étaient mariés que depuis onze mois. Ils s'étaient rencontrés deux ans auparavant à l'occasion d'un bal costumé. Maman, déguisée en Belle au bois dormant, avait tourné sans relâche autour de sa proie en déployant une somptueuse robe bleue aux jupons ornés de dentelle. Soulignés d'un épais trait de khôl, ses yeux étaient censés trahir la durée excessive de l'hibernation. Rehaussées de carmin, ses lèvres appelaient un baiser libérateur. À la fin de la soirée, passablement éméchée, elle avait piqueté le cou de mon père de petits baisers collants.

– Tu régneras à mes côtés jusqu'à ce que le monde cesse d'être monde ! avait-elle réussi à bredouiller deux secondes avant de se prendre les pieds dans le tapis marocain. Sapristi, qui a rangé ce truc par terre ?

Ma mère s'est excitée deux ou trois heures encore sur cette histoire de bal costumé, puis elle a étouffé un bâillement sauvage et décrété qu'elle allait « lire au lit » (comprenez : feuilleter d'une main distraite un livre de chansons Disney avant de s'écrouler un quart d'heure plus tard, une vague mélodie saccharinée aux lèvres).

Le lendemain matin, sur le coup de 7 heures, mon père a sauté du lit avec la souplesse d'un chat fantôme et s'est faufilé dans la cuisine pour – *ta-da !* – confectionner un petit déjeuner royal. Papa était un idéaliste, prêt à se mettre en quatre pour exaucer les désirs de sa dulcinée. Dans un carton à la cave, la veille au soir, il avait déniché un costume de dragon à moitié mangé aux mites qu'il avait dû porter une fois, un soir d'Halloween, au temps de son passé estudiantin à Boston. Le costume en question ne rappelait aucun dragon Disney connu et le boudinait férocement au niveau de la ceinture abdominale, mais mon père ne se trouvait pas si mal.

De mon côté, comprenant qu'il se tramait quelque chose de pas très catholique, j'ai commencé à flanquer des coups de pied dans l'estomac de ma mère (elle était enceinte de six mois).

Elle s'est réveillée en sursaut.

– Maman !

J'avais beau avoir -3 mois, j'étais parfaitement capable de m'exprimer.

Ma mère a ouvert de grands yeux.

– Tu n'es pas une fille ?

– Faut croire que non.

Elle s'est passé une main dans les cheveux qu'elle avait passablement gras, à l'époque. Vraiment, sa grossesse n'était pas un cadeau.

– Je suppose qu'on ne peut plus rien changer à ça.

– Maman, j'ai un truc à te dire.

– Je t'écoute.

– J'aime bien Disney, mais… J'aime bien, c'est tout.

– Que dois-je comprendre ?

– Que je préférerais que tu laisses tomber cette idée de bal costumé. Oh, et que tu chantes un poil moins.

Son sourire était empreint d'une tendresse si ironique que j'avais l'impression de le *voir*.

– Tu es bien gentil, mon petit bonhomme, mais je suis quand même chez moi, et je fais ce que je veux. Si j'ai envie d'un bal, j'organiserai un bal, un point c'est tout. (Elle fredonnait, joyeuse :) *Un jour mon prince viendra, un jour, on s'aimera ; dans son château heureux, s'en allant goûter le bonheur qui nous...* Aïe !

Je venais de lui décocher un deuxième coup de pied.

– Navré. Je déteste faire ça.

– Alors pourquoi tu le fais ?

– J'arrête. À une condition.

– Pas de chantage avec moi, garçon qui n'a pas encore de nom !

– Il ne s'agit pas de chantage, m'man : il s'agit d'une promesse. Si tu organises ce bal, je te balance des coups de pied hargneux jusqu'à l'heure de ma naissance. Et crois-moi, je n'ai aucune envie de sortir prématurément. C'est chouette, ici.

Elle a posé une main sur son ventre.

– Tu n'es pas sérieux.

– Je le suis au moins autant que toi.

Elle a étouffé un renvoi.

– Arrête. Ça. Tout. De. Suite.

– Des clous.

– Arrête ou je me fais avorter.

– Ne sois pas grotesque.

– Quand tu sortiras, je ne te reconnaîtrai pas.

– Tu seras obligée : je serai trop mignon.

– Et vantard avec ça.

– J'aurai les yeux de mon père.

Elle allait répliquer quand l'intéressé a frappé à la porte.

– Chérie ?

– Pas maintenant, s'il te plaît.

La poignée de la porte s'est abaissée. J'ai balancé un nouveau coup de pied.

– Tu veux que je continue ?

– Mais tu es un monstre ! a crié ma mère.

– Quoi ? a demandé mon père.

La poignée s'était figée en position intermédiaire.

– Quoi ? a fait ma mère.

Doucement, mon père a poussé la porte, son plateau de petit déjeuner entre les mains. De fait, il avait l'air monstrueusement emprunté dans son costume vert pomme.

Faute de meilleur plan, j'ai décoché un nouveau coup de pied à l'estomac maternel : le meilleur des shoots piqués de tout mon arsenal.

Ma mère a hurlé.

De surprise, mon père a lâché le plateau.

Le café s'est renversé sur le lit. Les croissants ont volé. Le verre de jus d'orange a tournoyé sur la moquette, laissant le précieux nectar imprégner chaque fibre.

Ma mère a insulté mon père. Qui, en se retournant, a donné un coup de queue dragonesque à ma mère. J'ai envoyé mon petit poing serré dans ce que je pensais être la rate.

Nouveaux hurlements. Draps souillés, porte claquée, moquette foutue, jurons en rafale, sonnez la charge. Bientôt, et sans trop savoir comment, ma mère s'est retrouvée assise à califourchon sur mon père.

– Quel genre de reptile es-tu donc ? a-t-elle sifflé. Tu n'apparais dans aucun film !

Mon père respirait avec peine.

– « Mais je t'aime ! » est tout ce que, d'une petite voix suraiguë, il est parvenu à rétorquer.

Après quoi j'ai balancé tout ce que je pouvais – poings, pieds –, après quoi ma mère s'est mise à beugler encore, après quoi mon père a bondi sur ses pieds et a appelé le Samu, ma mère lui a demandé s'il était né débile ou s'il avait pris des cours du soir, et puis je crois qu'ils ont fait l'amour, comme s'y résignent souvent les adultes quand ils n'ont plus d'idées – ils ont fait l'amour sans même se demander si ça pouvait me déranger, me choquer, me consterner (« Et comment, pervers ! » aurait été la réponse à ces trois questions), puis, aussi sonnés que des boxeurs, sont retournés se coucher dans leurs draps arôme café et, pendant un long moment, il n'a plus été question de déguisement Disney, ni même de déguisement tout court, et encore moins de fête débile avec fées rosâtres et palefrenier imberbe.

Ce jour-là, j'ai dormi vingt heures.

Faut pas me chercher.

2

Les gens persuadés d'avoir vu leur naissance saluée par un évènement extraordinaire sont plus nombreux qu'on le croit. On entend des choses comme :

« Le jour où j'ai ouvert les yeux, un violent orage a éclaté dans les Cévennes. »

Ou :

« Au moment précis où je sortais d'entre les cuisses de ma noble mère [Je n'invente rien – j'ai entendu ça dans un fast-food du Maine-et-Loire pas plus tard que la semaine dernière], le ministre des Finances annonçait sans préavis une revalorisation de l'abattement fiscal sur les plus-values réalisées sur des cessions immobilières de résidences secondaires à condition que le bien ait été conservé au moins neuf années consécutives. »

Dans mon cas, il ne s'est rien passé de spécial. Excepté ceci : sept jours après que je suis venu au monde, et alors que ma mère venait juste de rentrer de la maternité, quelqu'un a sonné à la porte.

N.B. : tout ça est 100 % véridique, je préfère le dire tout de suite. Cette histoire, par exemple, c'est ma mère qui me l'a racontée, et ma mère ne ment jamais. Soyons clairs : attendez-vous, au cours de votre lecture, à être fréquemment saisis par le doute. À mon sens, c'est inévitable. Certaines choses sont difficiles à croire. C'est un constat général. Prenez les élections américaines. Ou mieux : prenez Dieu. Dieu dont, c'est le moins que l'on puisse dire, les preuves de l'existence n'abondent guère (surtout quand on compare avec le Père Noël). Malgré le fait que des millions d'êtres humains se soient déjà joyeusement étripés en son nom, vous seriez tout à fait en droit d'affirmer que Dieu est une pure invention. Une plaisanterie trop sophistiquée pour être comprise par les humains. Mais prenez la question dans l'autre sens. Seriez-vous capables de démontrer que Dieu n'existe pas ?

Nous sommes d'accord.

Ce livre, c'est pareil. Si vous parvenez à prouver que ce que je raconte est faux, contactez mon éditeur : votre poids en mangues fraîches vous sera offert.

Où en étais-je ? Ah oui. Ma mère, qui me gardait seule, est allée benoîtement[1] ouvrir. Un homme se tenait sur le seuil. Grand, l'air hébété.

– La prochaine fois, a dit ma mère, soyez gentil de frapper plutôt que de sonner. J'ai un bébé qui dort et j'essaie de savourer l'instant.

Le type fixait piteusement le bout de ses souliers.

– Je peux entrer ?

Ma mère, qui était une femme d'étiquette et qui sentait bien qu'il s'agissait là d'un personnage important (même si, en cet instant, elle était incapable de mettre un nom sur son visage), s'est effacée pour le laisser passer. L'homme a mis le cap sur le canapé trois places et s'est immédiatement allongé, tête sur l'accoudoir.

– Vous auriez du thé vert ?

– Excusez ma grossièreté, a répondu ma mère. Mais à qui ai-je l'honneur ?

Le visiteur s'est passé une main sur le visage.

1. J'avais parié avec un ami que je réussirais à placer cet adverbe dès le deuxième chapitre. Maurice, tu peux faire livrer la moissonneuse-batteuse à l'adresse prévue. S'il n'y a personne, laisse juste les clés sous le nain de jardin.

– Désolé. Désolé, vraiment. J'ai raté la naissance, je sais. Mais je suis tellement surmené, ces temps-ci, tellement, tellement à bout, bon sang. Sans sucre, le thé.

Ma mère lui a fait signe de se redresser et de se pousser pour lui laisser de la place. L'homme s'est exécuté de mauvaise grâce. Il avait l'air aussi perdu qu'un militant écologiste sur un baleinier japonais.

– Il y a des bières au frigo, a déclaré ma mère. Vous êtes Dieu, c'est ça ? (L'intéressé a tristement opiné. Ma génitrice a jeté un œil à sa montre plaquée or ; elle avait un don pour comprendre les problèmes des gens.) En effet, je vous attendais plus tôt. Ou beaucoup, beaucoup plus tard. Je suppose que c'est la vie, comme on dit.

– Ne m'en parlez pas, a gémi Dieu.

Il a déplié sa grande carcasse, s'est traîné jusqu'à la cuisine. Ma mère a attrapé un magazine télé et s'est rendue à la page des horoscopes en chantonnant. « Salagadou la menchika bou la bibbidi bobbidi boo… Mélangez tout ça et vous aurez quoi ? Bibbidi bobbidi boo ! »

Une minute plus tard, Dieu était de retour. Il a posé deux bières sur la table basse.

– Je ne devrais pas. J'en ai pris une pour vous.

– Merci, a dit ma mère, mais je sors d'une méchante petite cuite et je ne tiens pas forcément à remettre le couvert tout de suite.

Dieu a attrapé sa bière et l'a levée comme s'il portait un toast.

– Une cuite ? On était peut-être à la même soirée. Personnellement, je suis insensible à la gueule de bois, mais… (il s'est frappé le front) Merde !

– Quoi donc ? s'est enquise ma mère, sourcil arqué.

– Le décapsuleur. Je l'ai posé sur la table et je ne l'ai pas pris. Vous voyez ? Ce que je vous disais sur le surmenage ?

– Celles-ci s'ouvrent manuellement.

Étonné, Dieu a contemplé la bière (ma mère se moquait de lui). « Ingénieux », a-t-il marmonné. Il a commencé à s'acharner sur la capsule, sans succès. Prise de pitié, ma mère lui a ôté la bouteille des mains et l'a ouverte d'un coup de dents.

– Tenez.

– Ouah ! a commenté Dieu.

Et il en a vidé la moitié d'un trait.

– Vous aviez drôlement soif, a observé ma mère.

– Vous les achetez où, ces petites saloperies ? (Puis, constatant que son interlocutrice s'était de nouveau plongée dans son magazine :) Pardon. Pardon, je manque à tous mes devoirs. Alors, euh, combien pèse l'enfant ?

– 3 kilos et 640 grammes.

– Joli.

– 50 centimètres tout ronds. Et il fait déjà quasiment ses nuits.

Dieu a acquiescé.

– Je peux aller le voir ?

– Certainement pas. Ça fait tout juste vingt minutes qu'il dort.

– Bon. Je vais attendre, alors.

– Ou bien vous repassez plus tard. Quand Michel sera là, par exemple.

– Michel ?

– Mon mari.

– Ah.

Dieu a terminé pensivement sa bière et a reposé la bouteille sur la table. Il a balayé notre salon du regard.

– Sympa, ce papier peint. (Puis, pointant une photo encadrée sur la commode :) C'est au Biafra, ça ?

Le cliché, sur fond de savane, était un portrait de mon père, radieux, pouce levé. En arrière-plan, un rhinocéros paraissait s'approcher. De toute évidence, mon père ne l'avait pas vu.

– En Tanzanie, a rectifié ma mère.

Dieu a opiné d'un air entendu. Son regard s'embuait.

– Il y a beaucoup de morts au Biafra en ce moment. Les gens disent que c'est ma faute.

– Vous êtes sourd ? Ça ne s'appelle plus le Biafra.

Dieu a montré ses paumes vides.

– Vraiment ? Enfin, quoi qu'il en soit, vu que je suis Dieu et que j'ai créé le monde et cetera, j'ai l'impression que tout ce qui se passe mal est, en quelque sorte, ma faute.

Ma mère a croisé les bras.

– Vous avez créé le monde et vous l'avez mis à notre disposition. Le service après-vente n'est pas votre affaire.

Dieu s'est tourné vers elle, plein d'espoir.

– Vous pensez vraiment ce que vous dites ?

Ma mère a refermé son magazine.

– Rassurez-moi : vous êtes pas venu pour que je vous plaigne ? À titre personnel, je me plais à croire que l'humain actuel descend d'un hominidé qui, pour vous la faire courte, descendrait lui-même de l'amibe. En d'autres termes, *Homo sapiens* m'apparaît comme le fruit d'une très savante et très hasardeuse évolution. Un être humain n'a de comptes à rendre qu'à lui-même.

Dieu guignait la seconde bière. On le sentait décontenancé.

– Théorie intéressante. Mais, tout de même, vous croyez en moi, oui ?

– Je vais à la messe deux fois par an, a dit ma mère.

– Donc, pas tant que ça.

Ma mère a pris sa propre bière, l'a ouverte et la lui a offerte. Il s'est mis à la siroter, plus mélancolique que jamais. Ma mère lui a tapoté le genou.

– Ne vous laissez pas abattre. Il y a des milliards de gens qui croient en vous. Enfin, au moins des millions. Sept cents millions, je crois. C'est moins que les Beatles mais c'est quand même pas mal. D'autant que les Beatles se sont séparés.

– Je peux voir votre fils ?

– Comme je vous le disais : il dort. Mais je lui ferai savoir que vous êtes passé.

Dieu s'est envoyé une nouvelle rasade de bière et a passé sa langue sur ses lèvres.

– Je ne me déplace pas pour n'importe qui, vous savez. Surtout en ce moment, où je suis si fatigué.

Ma mère s'est levée. C'était le signal du départ. Dieu, cependant, ne paraissait pas décidé à prendre congé.

Maman-en-chef a consulté sa montre.

– Je ne vous mets pas à la porte, mais je dois passer à la poste et le bureau ferme à 18 heures.

Dieu a levé sur elle un regard de chien battu.

– J'aimerais juste le voir. Ça ne me dérange pas, qu'il dorme.

Ma mère lui a repris sa bière des mains.

– J'avais compris. Le problème, c'est que mon fils a le sommeil léger. Je crois qu'il serait préférable que vous partiez, maintenant.

Dieu a fini par se lever. Avec beaucoup de patience (m'a-t-elle assuré, et je veux bien la croire : elle a toujours été une femme très tolérante à l'égard des petits soucis des uns et des autres), ma mère l'a raccompagné à la porte. De son portefeuille, il a sorti une carte, qu'il lui a glissée. Vraiment, il n'avait pas l'air dans son assiette. Sur le palier, il continuait à marmonner tel un évadé de maison de retraite.

– Et dites-lui bien que je le porte dans mon cœur, surtout. Je repasserai ! Ne changez pas de numéro de téléphone !

– Promis, a fait ma mère en fermant la porte.

Après quoi, elle a poussé un soupir de soulagement aussi massif que l'Everest et est allée se rasseoir. Tournant sa langue dans sa bouche, elle a considéré la carte.

> Deus – Bóg – Dumnezeu – Tanrı – 神 – Dieu – God – Gott
> الله – Dios – Allah – Gud – พระเจ้า – Boh – Tuhan – Dio
> Protéger & Servir – Disponible à toute heure
> Contact par prière uniquement.

– Ben voyons.

Trois minutes plus tard, je commençais à brailler.

Quand mon père est rentré, ce soir-là, ma mère était en train de me donner mon biberon – elle ne croyait pas tellement en l'allaitement non plus.

– As-tu passé une bonne journée, mon chéri ? (Mon père a ouvert la bouche.) Je plaisante. Tu sais bien qu'en ce moment, je m'en fiche.

Mon père, qui se défaisait de sa veste, a noté les deux bouteilles de bière vides.

– Quelqu'un est venu ?

– Mmh ? Oh, oui. Mais ce n'était personne ; enfin, c'était Dieu.

Elle lui a montré la carte. Mon père a haussé un sourcil, puis s'est laissé tomber à nos côtés en vidant ses poumons : le dioxygène et le dioxyde de carbone se sont fait coucou.

Tourné vers moi, mon paternel a caressé mon crâne duveteux. Paupières mi-closes, j'étais occupé à téter comme si ma vie en dépendait. Ce qui, d'une certaine façon, était le cas.

– Il a promis qu'il repasserait, a repris ma mère. À mon avis, il ne le fera pas.

Je venais de régurgiter une gorgée de lait. Mon père m'a essuyé le coin de la bouche avec mon bavoir.

– On n'a pas besoin de lui. Hein, champion !

À ce stade, je devine ce que vous pensez. Et la carte de visite ? Qu'est-ce qu'elle est devenue ?

Je vais être honnête : il y a quelques années, je l'ai revendue sur un site d'enchères en ligne. Nous parlons d'une époque où j'avais salement besoin de fric (pour m'acheter un ULM) (Je pensais que piloter un ULM était autorisé dans les zones urbaines).

Message personnel : Madame Pitel, je sais que vous avez gardé la carte et je suis sûr que vous êtes en train de lire ce livre. S'il vous plaît, pourriez-vous vous manifester d'une façon ou d'une autre et expliquer à mes lecteurs que je ne suis pas un mythomane ? C'est ma crédibilité qui est en jeu, là.

3

Ainsi allait ma jeune existence – une succession régulière d'évènements aussi improbables qu'imprévisibles. Certes, et je m'en rends bien compte en écrivant ces lignes, vous prouver que rien de ce que j'avance n'est inventé risque de s'avérer complexe. Mais réfléchissez cinq minutes : quel intérêt trouverais-je au fait de raconter des salades ? La plupart des faits relatés en ces pages sont, au mieux, embarrassants.

Quand vous aurez terminé ce livre, vous comprendrez pourquoi (comment ?) tout ce qui m'est arrivé *m'est* arrivé. « Ah, d'accord » : voilà ce que vous vous direz. Ça, ou : « Bonjour la lose » – les deux options me conviennent.

Où en étais-je ? Ah oui ! La première et unique nounou que mes parents aient jamais trouvée s'appelait miss Hamilton. L'annonce de recrutement rédigée par ma mère avait été tirée de *Mary Poppins*. « Pour obtenir cette position / Il faut certaines dispositions / Mais avant toute chose / Que vos joues soient roses… », etc. Miss Hamilton venait tout droit de Londres – patrie de Peter Pan, des 101 dalmatiens et des nounous en général. C'était une jeune femme très gentille, affligée néanmoins d'une propension gênante à l'hyperémotivité : à la seconde où elle me prenait dans ses bras, des larmes vives jaillissaient de ses yeux et une expression de douleur extatique se peignait sur son visage. Le premier jour, mon père a cru qu'elle avait des calculs rénaux.

– Si vous voulez, l'a-t-il rassurée, on peut ne commencer que la semaine prochaine. Nous ne sommes pas dans l'urgence.

Miss Hamilton a secoué la tête en me serrant très fort contre elle, le nez enfoui dans les replis de mon cou.

– Il sent tellement, *tellement* bon.

J'ai agité mon hochet. Il avait une tête de bébé hippopotame et s'appelait Tommy, même si je ne l'avais encore dit à personne (j'avais 5 mois, mais je n'étais pas idiot au point d'ignorer qu'il était un peu tôt pour parler).

– À propos de vos gages…, a commencé mon père.

– Et voyez comme il est éveillé ! s'est écriée miss Hamilton. Chaque fois que je plonge mon regard dans le sien, j'ai l'impression qu'une révélation de première importance va m'être communiquée.

– De première importance, a répété ma mère, perplexe.

– Votre fils n'est pas un enfant comme les autres.

– Dites-nous quelque chose qu'on ne sait pas, a répondu mon père en tirant sur sa pipe.

Deux semaines plus tard, mes parents ont donné congé à miss Hamilton. La malheureuse s'était mise en tête que mon babillage plurisyllabique était porteur d'une signification fondamentale genre « secret ultime de l'univers ». Elle avait enregistré l'intégralité de mes marmottements sur un magnétophone à cassette acheté exprès pour l'occasion et commençait à recouvrir ses murs de graphiques mathématiques abscons qui n'auraient pas déparé la tanière d'un polytechnicien.

Ma mère m'a quasi arraché à ses bras.

– Vous devriez vous prendre des vacances. La thalassothérapie, ça ne vous tente pas ?

Miss Hamilton pleurnichait.

– Vous ne comprenez pas ! Il est le soleil. Il est la vérité !

– Je comprends parfaitement, a rétorqué ma mère en ouvrant un chéquier (elle me tenait dans l'autre bras ; elle était capable de bien des prouesses). Je vous signale que cet enfant est de moi. Ce qu'il y a, c'est que vous êtes trop impressionnable.

Miss Hamilton s'est jetée aux pieds de ma mère, laquelle s'est contentée de baisser les yeux sur elle et de s'allumer une nouvelle cigarette. Nous sommes partis, un chèque princier voletant dans notre sillage.

Après ce fâcheux épisode, mes parents ont décidé de me placer en crèche. Celle qu'ils avaient en tête affichait en théorie complet mais, naturellement, le directeur a fait une exception pour moi.

La crèche était un univers hostile. Je n'avais pas le droit d'apporter Tommy, et la plupart des malheureux bambins qui végétaient entre ces murs n'avaient jamais entendu parler de moi (et ne savaient pas lire).

L'affection extrême, pour ne pas dire délirante, dont me couvaient la puéricultrice, le directeur et les dames de la cantine ne pouvait que susciter quelque jalousie dans les rangs de mes petits camarades, et je n'étais pas le dernier à être embarrassé, mais qu'y pouvais-je ? Après quelques jours d'observation, une ligne de partage très nette s'est dessinée au sein de l'établissement. Deux clans s'étaient formés : ceux qui étaient *avec* moi (et que, pour une raison qui ne m'apparaît plus très claire aujourd'hui, j'avais, en mon for intérieur, baptisés « Los Angelitos de la Muerte ») et ceux qui étaient *contre*, et à qui je n'avais pas pris soin de donner un nom.

La guerre a fait rage six mois durant.

Parmi les armes employées figuraient des cuillerées de petits pois, des couches sales, un poster de Claude François maladroitement chiffonné, Hector – le hamster de la classe – à qui le même traitement fut réservé (paix à son âme), ainsi que tout un arsenal de poings serrés, de vomissements inopinés, de toux grasseyantes et de morsures vicieuses.

En règle générale, et en tant que cerveau des opérations, je n'avais pas besoin de monter personnellement au front : mes soldats le faisaient pour moi. Je me souviens juste qu'un mardi matin, j'ai essayé d'introduire une pièce de Klipo® jaune dans – faute de mieux – l'oreille du général des troupes ennemies. Une lueur d'effroi a dansé dans ses yeux. Il n'a pas tardé à rejoindre nos rangs.

À l'âge d'un an et demi, je m'étais mis à parler – me limitant volontairement, pour n'effrayer personne, à un vocabulaire de cinq cents mots. Je lisais sept langues, dont le grec ancien, mais je ne faisais nullement étalage de mes capacités : je ne tenais pas à me retrouver exhibé comme une bête de foire, et mes journées à la crèche me comblaient. Un soir, cependant, mon père m'a surpris avec un ouvrage de Leibniz entre les mains et, en dépit du fait que je le tenais à l'envers (la vérité, c'est que je m'entraînais à lire de cette façon), il en a déduit que je perdais mon temps avec les enfants de mon âge. Sans s'en ouvrir à ma mère, il a rempli pour moi un dossier d'inscription à l'université de Berkeley.

C'était prématuré, bien sûr. Si mes connaissances en astrophysique et en philologie, notamment, m'auraient sans doute permis d'intégrer un cursus d'un niveau honorable, le fait est que mon niveau en anglais était encore assez scolaire (je ne parlais, globalement, qu'avec Tommy, et il ne me répondait guère) et qu'à y bien réfléchir, je n'avais pas le bac. Or l'administration de Berkeley était assez pointilleuse quant à ce genre de prérequis.

Pendant quelque temps, ma mère m'a donc repris à la maison, et une seconde petite annonce a été passée.

Mes parents ont reçu quatre mille six cents réponses écrites. Contre toute attente, c'est un homme qui a été choisi. Spountz était son nom, et c'était un ancien colonel de l'armée de l'air. Une nouvelle aventure commençait.

4

Vous pensez que je charrie ? Que je me donne systématiquement le beau rôle ? Demandez donc au colonel Spountz de vous raconter la fois où j'ai été malade (N.B. : il n'est pas certain qu'il vous réponde. Il est mort il y a vingt ans. Sa pierre tombale, déjà copieusement moussue, se dresse sur les coteaux d'un petit village alsacien situé sur la route des vins. Parfois, son fantôme… – mais non, non, je m'égare) (du coup, et même si je ne puis vous garantir un résultat, vous seriez sans doute mieux inspirés de vous adresser à son frère. Il s'appelle Hektor. Aux dernières nouvelles, il était joignable à l'adresse suivante : hektorspountz@yahoo.com. Dites-lui bien que vous lui écrivez de ma part).

En attendant, je vais vous raconter l'histoire moi-même.

Ma mère, qui avait repris le travail, passait la plus claire partie de son temps à l'étranger. Pour ce que j'en sais, elle…

Hum. Autant être franc : j'ignore quel boulot faisait ma mère. De temps à autre, elle m'envoyait des cartes postales. De Floride (« Ici, tout va bien »), du Kurdistan (« Ne t'inquiète surtout pas »), de Laponie (« La vache, il ne fait pas très chaud »). En général, un couplet de chanson accompagnait l'information principale. Du style : « Essayez, faites un vœu / Car l'espoir est dans les cieux / Quand on prie la bonne étoile / Et la Fée Bleue. »

Mon père, lui, était prestidigitateur, métier qui exigeait un travail de préparation acharné et une concentration sans faille. Dans ses bons jours, c'était le genre de type à faire disparaître la tour Eiffel d'un claquement de doigts ou à vous apprendre la date de votre dernier rendez-vous chez le dentiste (c'était avant le Minitel, avant Internet – avant tout), ainsi que le deuxième prénom de la maîtresse du tortionnaire en question (il n'a fait ça qu'une fois, et ça s'est mal terminé). En gros, mes parents étaient rarement disponibles, et je passais le plus clair de mon temps avec le colonel Spountz, qui m'emmenait au parc et m'apprenait les rudiments du tir au canon avec des Playmobil®.

Au physique, le colonel était un homme intéressant. Il mesurait 2,30 m et pouvait déraciner un chêne quand il était en rogne (petit, le chêne ; sérieuse, la rogne). Sur un plan strictement moral, il restait un militaire dans l'âme. Réveil à 6 h 30, lit au carré, petit déjeuner frugal, gymnastique au parc, douche froide, etc. Ça ne me gênait pas. J'avais 5 ans, mais la discipline était à mes yeux un mal nécessaire : le colonel n'arrêtait pas de me répéter que le CP allait être une classe « très difficile », que j'allais avoir besoin de « toute mon énergie », tant la compétition s'annonçait « impitoyable ».

L'hiver venu, nous effectuions des footings par -4 °C. Quand par hasard il était levé assez tôt pour nous croiser, ce qui lui arrivait en moyenne une fois par mois, mon père nous considérait avec perplexité.

– Vous allez courir combien de temps ?

– Deux heures.

– Ah.

– En principe, c'est trois. Mais il y a du verglas.

Mon père levait sa tasse de café à notre santé.

– Je vous souhaite beaucoup de chance, beaucoup de talent et une volonté aussi solide que le mur de Berlin.

Un matin de février, je me suis réveillé avec 39° C de fièvre et des courbatures dans tout le corps. Le colonel a collé ses poings sur ses hanches.

– Qu'est-ce que c'est que ce cinéma d'opérette, soldat ?

– Ai a a ou, ai-je tenté d'articuler.

« J'ai mal partout. » Ma gorge était si douloureuse que respirer par la bouche était aussi agréable que boire de la lave à la paille. D'un autre côté, mon nez était plus encombré que le tunnel du Mont-Blanc au premier jour des vacances d'hiver. Le colonel a essayé de me traîner au parc mais je me suis écroulé à mi-parcours, au milieu du trottoir.

Inanimé.

Quand je me suis réveillé, je me trouvais dans un lit d'hôpital, entouré de mes deux parents. Le colonel Spountz était campé à la fenêtre, bras croisés, tétant un énorme cigare. Ma mère, qui fumait elle aussi, tenait sa cigarette à l'écart. Elle m'a caressé la joue. Étrange impression ; je n'aurais su dire pourquoi.

– Je suis revenue du Cap-Vert exprès pour toi, m'a-t-elle annoncé.

J'ai voulu répondre quelque chose. « E en i. » Décidément, mon élocution laissait à désirer.

– Il faut que tu te reposes, a suggéré mon père.

Avec un sifflement de dépit, le colonel a jeté son cigare à terre et l'a écrasé d'un coup de ranger ferré.

– Quand allez-vous arrêter de raconter des fariboles à ce gamin ?

Il a sorti un petit miroir de sa poche de treillis, l'a ouvert et me l'a présenté. Il aurait obtenu le même genre de résultat en me balançant un seau de soude caustique au visage.

– Voilà, petit. T'es un toucan.

Il disait vrai.

J'étais doté d'un long bec orangé, d'une petite tête noire et d'un sympathique poitrail blanc duveteux. Mes bras n'étaient plus des bras : c'étaient des ailes, noires, raisonnablement larges. La seule chose qui n'avait pas changé – enfin, pas complètement –, c'étaient mes yeux. Ils étaient toujours bleus.

Ébranlé, j'ai émis quelque chose qui ressemblait à un croassement.

– Je sais, a dit ma mère en me tapotant une aile. Mais ne t'inquiète pas. Les médecins nous ont assuré que tout reviendrait bientôt à la normale.

En vérité, ce n'était pas aussi simple. D'après le corps médical, j'étais atteint d'une maladie assez rare – si rare que personne ne lui avait encore trouvé de nom. Faute de mieux, on l'appelait Smet, « syndrome de mutation en toucan ». Il n'existait pas de remède connu.

Au bout de deux semaines de repos forcé et d'un régime à base de fruits secs et d'insectes, on m'a ramené chez moi.

J'avais appris deux choses : 1) le toucan est capable de réguler la température de son corps grâce à son bec ; 2) même avec la meilleure volonté du monde, il lui est impossible, en revanche, d'ouvrir un ouvrage de Leibniz – sans parler de le feuilleter.

Ma mère était perplexe : « À ma connaissance, aucun toucan n'apparaît dans un film Disney. » Et d'ajouter, non sans se signer avec déférence : « Dieu essaie de nous dire quelque chose. »

Elle se trompait : dans *Saludos Amigos*, un film de 1943, on aperçoit brièvement un toucan. Mais la pauvre ne pouvait pas tout savoir, et je n'avais pas envie de l'arracher à sa théorie moelleuse.

Quoi qu'il en soit, nous avions récemment changé de numéro de téléphone. Dès lors, comment espérer que Dieu – si tant est qu'il eût, dans cette histoire, le moindre rôle à jouer – daigne corroborer ses dires ? Elle avait essayé de l'appeler une fois et était tombée sur un répondeur. Elle n'était pas du genre à supplier.

Mes parents ont fait installer une grande cage dans ma chambre. Au bout d'une dizaine de jours, les pages de *Principes de la nature et de la grâce fondés en raison* de Leibniz (un exemplaire de 1718) qui en tapissaient le sol sont devenues illisibles. L'excès de pudeur humaine qui, les premiers temps, m'avait empêché de faire mes besoins dessus, s'était évaporé.

Lancée ainsi, ma carrière universitaire allait s'achever avant même d'avoir eu une chance de commencer.

L'homme est doté d'une capacité d'adaptation fascinante. Quelques semaines plus tard, mon père est reparti en tournée dans le sud du pays. Ma mère, elle, est restée un peu plus longtemps, mais a fini par reprendre elle aussi ses occupations de par le monde. Seul, le colonel demeurait à mon côté. Sur la table de la cuisine : un manuel *Ramphastos sulfuratus, comment établir un premier contact* (4 pages), deux sacs de graines de 5 kilos, et une laisse en Nylon bricolée par mon père et terminée par un harnais censé m'enserrer le poitrail.

Les premiers mois, je les ai passés avec Spountz dans le salon, à regarder la télé. Grosso modo, le colonel ayant eu la délicatesse de placer ma cage en biais afin que je puisse bien voir l'écran, c'était la seule activité que nous partagions. Hormis les documentaires sur le Guatemala, cependant, peu de programmes m'intéressaient – là où le colonel était plutôt branché chars d'assaut et siège de Stalingrad. Rapidement, il est devenu évident que j'allais bientôt périr d'ennui si aucun changement n'intervenait.

Qui plus est, un autre problème se profilait. La longévité d'un toucan tourne autour des 20 ans. Me restait-il quinze ans à vivre, ou allais-je garder mon espérance de vie humaine ? Personne n'osait se prononcer : mes parents étaient loin, et la seule réponse que l'employé de l'animalerie, interrogé par le colonel, était parvenu à articuler ressemblait à un « hum… » désireux de ne jamais mourir non plus. Spountz a donc pris sur lui de m'emmener au parc avec ma laisse de 16 mètres de long. Une ou deux heures d'exercice ne pouvaient pas me faire de mal.

Les essais initiaux, toutefois, ne se sont guère révélés concluants. Timoré, je me contentais de trottiner maladroitement sur les allées de gravier, jetant des regards désespérés au colonel pour qu'il me reprenne dans ses bras – sans parler des attroupements que ma présence ne manquait pas d'occasionner (« Regarde l'oiseau, maman ! Je le veuuuux ! »). Prenant mon courage à deux mains, si l'on peut dire, je me suis donc décidé à essayer de voler. Évidemment, la manœuvre n'a pas porté ses fruits tout de suite. Si la nature – badine – m'avait doté d'une paire d'ailes en parfait état de fonctionnement, les utiliser était une autre affaire. J'ai passé deux semaines à seulement *tenter* de me soulever du sol.

Et puis, un jour, le déclic s'est produit. Il s'agissait, avais-je soudain compris, d'effectuer des mouvements amples *et* simultanément puissants. Au diable le trac et le vertige, me soufflait mon moi toucanesque. Laisse-toi porter, vieux : l'air est un matelas. Épouse les courants, ne fais qu'un avec le ciel, lance-toi !

Je me suis tellement lancé qu'au deuxième jour, me propulsant vers les nuées avec une vigueur toute juvénile, j'ai senti la laisse de Spountz se tendre d'un coup – puis lâcher. Voler, voler plus haut, libre, encore, toujours, enfin ! Jésus, quel soulagement ! Jamais encore je n'avais ressenti une telle plénitude. J'aurais pu filer jusqu'au soleil.

Pendant dix ou quinze minutes, j'ai oublié tout le reste, jouant avec le vent et les courants d'air chaud comme s'il s'agissait d'amis de longue date. Puis, décrivant une large ellipse, j'ai fini par repiquer vers le coin du parc où s'agitait Spountz. Minuscule et dérisoire au milieu de la pelouse, près du bassin octogonal, il montrait les poings et hurlait des mots que j'étais incapable d'entendre.

Je me suis résigné à le rejoindre. Je ne savais pas très bien de quoi ma vie allait être faite désormais, mais il était clair que nous allions devoir trouver un accord, lui et moi. Pas question de rester enfermé vingt-trois heures sur vingt-quatre dans une cage à regarder des programmes consacrés aux opérations de désenclavement de l'Armée rouge lors de l'hiver 1943 alors que je pouvais, avec une pleine et entière délectation, m'adonner à l'art pur du vol *authentique*.

Je n'ai rien contre Stalingrad, je tiens à le préciser auprès de celles et ceux qui se poseraient la question. Le souci, c'est que j'ambitionnais de retourner en Amérique centrale. En survolant l'Atlantique.

Des questions pratiques me torturaient. Étais-je capable d'effectuer un si long vol d'une traite ? Que disaient les livres à ce sujet ? J'en étais encore à me poser la question lorsque, surgi de nulle part, un tronc d'arbre massif s'est présenté devant moi. Hé, salut ! Tout à mes réflexions, j'avais complètement oublié de rectifier ma trajectoire sifflante. Youpi : j'allais me fracasser comme un couillon sur un foutu chêne de jardin public.

Soucieux de ne pas détériorer mon magnifique bec jaune orangé – avec une pointe de rouge carmin à l'extrémité et des nuances de bleu sur la partie supérieure –, j'ai détourné la tête, donnant du même coup un puissant coup d'ailes dans l'espoir, qui sait ? d'éviter l'obstacle au dernier moment.

Ça n'a pas fonctionné. Je n'ai même pas entendu le « poc » qu'a dû faire mon crâne en percutant l'écorce. Tout de suite, ça a été le trou noir. Rideau – sans applaudissements.

Quand j'ai repris mes esprits, j'étais de nouveau allongé dans un lit d'hôpital – et la deuxième chaîne diffusait un reportage consacré à la Légion étrangère. Le colonel Spountz, assis à mon chevet, m'a tapoté la main (car, oui, j'avais de nouveau des mains, j'étais de nouveau moi-même, sans bec, sans plumes, etc.).

– *Herzlich willkommen !*

J'ai remonté le drap sur ma tête. Finies, les vacances en Argentine. Terminé, le vol radieux et sans entraves jusqu'au disque d'or aveugle cloué comme un trophée à la voûte du ciel. Hello CP, buongiorno puberté, manifestations étudiantes, baisers visqueux échangés à l'arrière d'une voiture d'occasion…

– Et merde, ai-je marmonné, tournant la tête vers la fenêtre.

Le ciel était gris. Mon esprit pareil.

– Tu nous as flanqué une belle frousse, a commenté ma mère, qui sortait de la salle de bains en s'essuyant les mains.

J'ai essayé de me redresser : mauvaise idée.

– On a bien cru que tu ne reviendrais pas, a renchéri ma génitrice.

– Du ciel, ou de mon rêve ?

Elle s'est approchée et m'a caressé le front.

– Je ne suis pas certaine que la différence soit fondamentale, mon grand.

J'ai acquiescé. C'était une leçon d'importance. La réalité, au fond, qu'est-ce que c'est ? Ce que les autres voient, ou ce que *nous* vivons ?

Sur le sol de la cabine de douche, plus tard dans la matinée, j'ai ramassé une longue plume blanche, que j'ai posée sur la table de nuit. Le lendemain, à mon réveil, elle avait disparu. « Tu es un grand garçon », m'a mystérieusement glissé l'infirmière quand je lui ai demandé où elle était passée.

À compter de ce jour, j'ai décidé que je cesserais de me préoccuper des mots « invraisemblable » ou « impossible ». Des trucs anormaux m'arrivaient, voilà. Il fallait que j'en prenne mon parti.

5

Comme je le craignais, mon passage à l'école primaire ne m'a pas apporté grand-chose. Récemment, en triant des affaires, j'ai retrouvé une liste, rédigée en CM1. La graphie était pleine, élégante – le propos concis.

Ce que j'ai appris à l'école jusqu'à ce jour :

Dormir les yeux ouverts.

Éviter les croche-pattes.

Faire les yeux doux aux mères de mes camarades pour mendier un pain au chocolat.

Des chansons de Georges Brassens.

Ne pas tomber en dépression quand la petite plante obtenue en faisant pousser une lentille dans un coton hydrophile se racornit.

Le hors-jeu ne constitue une infraction que si l'arbitre considère que le joueur participe de manière active au jeu de son équipe.

Ne pas ouvrir un livre pendant la récréation – du moins dans la cour. (De façon plus générale : ne pas se vanter ouvertement de la masse gigantesque de connaissances accumulées en lisant aux toilettes pendant la récréation.)

Ne pas demander sa prof de musique en mariage à l'âge de 8 ans.

Je commençais à trouver le temps long lorsque M. Mercier, notre instituteur de CM2 – deuxième au championnat du monde de pénibilité 1980 à Caracas – s'est opportunément déboîté le genou lors d'une descente de ski aux flambeaux accomplie la veille de Noël.

Sa remplaçante, Liu, était une jeune femme d'origine asiatique extrêmement souriante et motivée. Elle ne devait pas avoir beaucoup plus de 20 ans et c'était une adepte des maths sans peine – de petites énigmes innocentes du genre : « J'ai deux fois l'âge que vous aviez quand j'avais l'âge que vous avez. Quand vous aurez l'âge que j'ai, nous aurons 99 ans à nous deux, quel âge ai-je ? » (Réponse : 44 ans.) (J'ai choisi celle-ci parce que j'ai vraiment 44 ans aujourd'hui. Si vous n'arrivez pas à la résoudre, dites-vous bien que rien n'est perdu. Il y a des gens célèbres qui ont réussi à faire quelque chose de leur vie sans être bons en maths. Luke Skywalker, par exemple.)

Liu et moi, ça a tout de suite accroché. C'était une enseignante qui aimait son travail et dont le sourire blanc cocaïne s'agrandissait chaque fois que l'un d'entre nous – moi, en général – trouvait la solution d'une devinette qu'elle nous avait soumise.

Pendant les vacances de Pâques, j'ai voulu lui faire plaisir. Il était prévu, à la rentrée, que chacun d'entre nous vienne présenter aux autres l'illustration pratique d'un théorème ou d'une formule appris en classe. Par exemple, vous pouviez vous pointer avec deux pommes, en ajouter une troisième et clamer à la face de vos coreligionnaires semi-endormis : je vais vous démontrer que 2-1=1 (j'exagère à peine).

Le jour J, j'ai simplement posé une boîte en carton sur ma table. Les autres élèves me dévisageaient avec méfiance. Qu'étais-je encore allé inventer ?

Ils ne croyaient pas si bien dire.

Quand est arrivé mon tour, j'ai pris ma boîte sous le bras et j'ai sorti une autre boîte en plastique de ma poche, beaucoup plus petite, que j'ai posée à côté de l'autre. À l'intérieur, une mouche. Juste une mouche.

Liu s'était reculée pour me laisser la place. Bras croisés, adossée au mur, elle tripotait sa boucle d'oreilles avec un soupçon de nervosité.

J'ai attrapé une craie et j'ai commencé à écrire quelques lignes au tableau.

– Mesdames, messieurs (avec le recul, je me dis que c'était peut-être trop solennel), laissez-moi vous présenter le théorème de l'incomplétude raisonnée inverse.

Un silence consterné a accueilli cette entrée en matière. La plupart des élèves de ma classe en étaient encore au stade où « 9 x 8 = ? » est un vrai sujet de débat. Liu elle-même a plissé son adorable petit front.

– Mm. Je ne suis pas sûre que…

J'ai balayé l'objection de ce fameux revers de main que l'on retrouve chez des personnalités du type Albert Einstein.

– Selon les termes de ce théorème, ai-je énoncé, et si l'on en croit les dernières avancées effectuées dans le domaine de la physique théorique – je m'appuie notamment ici sur les travaux de Kip Thorne consacrés aux structures stellaires –, le temps et l'espace pourraient, au sein de certains systèmes, se trouver multiplement connectés. Ceci, ai-je ajouté en tapotant ma boîte en carton, est un modèle très rudimentaire de machine à voyager dans le temps. (Je l'ai ouverte, j'ai déposé la petite boîte en plastique à l'intérieur. Puis j'ai indiqué la pendule de la classe.) Ne vous en faites pas : l'expérience ne va durer qu'une minute.

Ayant tiré la chaise de Liu, je me suis assis et, confiant, ai laissé le tic-tac de la grande aiguille prendre le relais. Tout le monde me regardait comme si je venais de descendre d'un vaisseau en provenance de Jupiter (« Devinez quoi, les mecs ! »), mais j'ai fait celui qui ne se rendait compte de rien et j'ai regardé mes ongles.

Une fois la minute écoulée, j'ai rouvert le carton et j'en ai sorti la petite boîte en plastique, dont j'ai ôté le couvercle au vu et au su de tous. Groggy, la mouche s'est d'abord frotté les pattes comme quelqu'un qui mijote un sale coup, puis elle s'est envolée – ciao, losers.

J'ai souri à la classe tout entière.

– Et voilà. Cette mouche vient de voyager dans le temps.

Les élèves me regardaient sans comprendre. Liu elle-même a haussé un sourcil.

– Euh…

J'ai montré la pendule.

– Quand je l'ai mise dans la boîte, il était 14 h 45. Maintenant, il est 14 h 46 et 30 secondes et, comme vous pouvez le voir : la mouche vole. Une minute s'est écoulée. Cette petite coquine s'est temporellement transmutée.

Les élèves n'ont pas réagi. Probablement, tout cela était trop subtil pour leurs petits cortex. Liu s'est raclé la gorge. Je me suis retourné vers le tableau et j'ai tapoté ma formule du bout de ma craie.

– Bien entendu, ai-je ajouté, ce qui intéresse la plupart des gens (et c'est très étrange, parce que, *a priori*, ils en viennent déjà, alors quel intérêt), c'est de revenir vers le *passé*. Mais je vous rassure : cette formule est susceptible de servir de base à un théorème autrement sophistiqué. Moyennant un investissement minimal de 500 millions de dollars, je suis à peu près convaincu que les chances de construire dans les cinq ans une machine capable de faire reculer quelqu'un dans le temps, c'est-à-dire, grosso modo, de reproduire à l'identique sa configuration moléculaire au sein d'un référentiel dissocié antérieur, que ces chances, donc, pourraient avoisiner les 25 %.

Nouveau silence.

– Allez, disons 30, et on n'en parle plus.

J'ai laissé retomber ma craie dans la rainure prévue à cet effet.

Liu a joint ses mains devant l'ovale parfait de son visage. Son sourire était crispé. Elle m'a dit que je pouvais aller me rasseoir, et on est passés à l'élève suivant. J'étais stupéfait. Pourquoi ne me posait-elle aucune question ? Avait-elle seulement compris que le coup de la mouche était une blague, une petite boutade sans prétention ? J'aurais aimé aller lui parler à la fin des classes ; elle ne m'en a pas laissé le temps. Apparemment, elle avait un « rendez-vous » important. Pendant un long moment, je suis resté comme un idiot avec ma boîte de carton sous le bras. La mouche bleue que j'avais libérée, et qui avait passé une bonne heure à voleter comme une folle, était morte d'épuisement. Elle gisait au pied d'une fenêtre. Je l'ai ramassée par une aile et je l'ai flanquée dehors.

– Idiote, ai-je murmuré.

Puis j'ai quitté la classe. Dans l'escalier, j'ai croisé Liu et un type que je ne connaissais pas, avec un blouson de cuir léger et de petites lunettes rectangulaires. À mon passage, notre remplaçante s'est penchée vers le type pour lui glisser quelque chose à l'oreille en me regardant. Impossible d'entendre ce qu'ils se disaient. À pas feutrés, j'ai remonté trois marches pour essayer de comprendre ce qu'ils mijotaient. Ils sont entrés dans notre classe et ils ont refermé la porte. Ouais, ai-je pensé. À tous les coups, c'est son petit copain.

Le lendemain, ma formule était toujours au tableau. Liu avait expressément exigé que personne ne l'efface, et son ton était sans équivoque. À l'heure du déjeuner, elle m'a fait venir à son bureau.

– J'ai deux nouvelles à t'annoncer, a-t-elle déclaré en mordillant son stylo. Une mauvaise et une bizarre qui pourrait éventuellement devenir bonne.

J'ai haussé les épaules.

– La mauvaise, c'est que je t'ai mis un D à ton exposé. J'ai trouvé que tu te moquais du monde et j'ai…

Sans attendre, j'ai attrapé l'éponge et j'ai commencé à effacer ma formule au tableau. Le visage de Liu s'est décomposé. Elle a tenté de m'arracher l'éponge des mains – sans succès –, et s'est mise à hurler.

– Arrête ! Qu'est-ce que tu fais ?

Elle avait l'air vraiment en colère. Non : blessée. Effarée, aussi.

– Ben quoi ?

Je la dévisageai, mon éponge à la main. Elle tremblait.

– Pourquoi as-tu touché à ça ?

Nouveau haussement étudié.

– Vous m'avez mis un D. Ça va flinguer ma moyenne.

J'ai hoché la tête. Posant ses mains sur mes épaules, elle a plongé son regard dans le mien.

– J'ai montré ta formule à un ami professeur de physique à l'université. Il pense qu'elle est valide. Tu comprends ? Il pense aussi qu'elle pourrait signer une étape nouvelle et absolument sans précédent de l'histoire des sciences physiques et des mathématiques. Je veux dire : sur le plan théorique, ta machine aurait une chance de fonctionner.

– Je sais.

Les paupières de Liu étaient mi-closes. Elle me scrutait, intensément.

– Qui es-tu ?

– Il y a mon nom sur le cahier d'appel.

– Je veux dire : d'où tires-tu cette formule ? L'as-tu recopiée quelque part ?

J'ai désigné la bibliothèque et ses volumes roses cartonnés.

– Où ça, à votre avis ? Dans l'intégrale du *Club des cinq* ?

Elle a marqué une pause. Au point où on en était, j'aurais pu l'insulter ou lui annoncer que j'étais le fils du pape.

– Pourrais-tu… Pourrais-tu avoir la gentillesse de réécrire la formule au tableau, s'il te plaît ?

Elle m'a tendu la craie. Je l'ai regardée comme si elle me présentait un coléoptère coupé en deux dans le sens de la longueur.

– S'il te plaît.

J'ai pris la craie et j'ai dessiné la chose suivante :

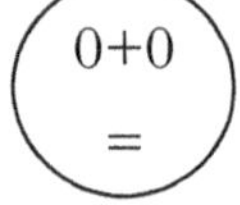

Liu m'a fait ses yeux de chat.

– Je t'en conjure : réécris cette formule. C'est très important.

– Non.

– Tu es un génie.

– Et ?

– Tu dois aider la science à avancer.

– Plus tard.

– Ne fais pas l'imbécile. Mon ami est parti chercher ses collègues. Ce sont de grands scientifiques. Ils viennent pour te poser des questions d'une extrême importance. Ne me fais pas ça. Ne me fais pas ça aujourd'hui.

On pouvait lire une certitude dans son regard : celle que j'allais revenir à la raison. Mais ce n'est pas ce qui s'est passé.

Ou plutôt si.

J'ai recouvré mes esprits, prenant appui sur deux constats simultanés :

1) Jamais je n'épouserais Liu.

2) Le monde n'était pas prêt à accueillir une machine à voyager dans le temps. Plus tard, peut-être – on verrait. Je n'étais pas pressé.

Au cours des jours suivants, nos relations, à Liu et à moi, sont devenues nettement moins amicales. Souvent, en classe, je surprenais son regard posé sur moi. On y lisait des envies de meurtre. Dix fois au moins, elle m'avait supplié de revenir sur ma décision. Puis elle avait abandonné. Le blanc de son visage était devenu gris. Dehors, il pleuvait plus fréquemment. Oh, well.

Un matin d'avril, M. Mercier a de nouveau posé sa vieille sacoche en cuir tout usée sur le bureau, et ce fut comme si Liu n'avait jamais existé. J'ai appris qu'elle avait été hospitalisée pour dépression. Apparemment, une cure de sommeil lui avait été imposée.

Quelques jours avant la fin de l'année, je l'ai recroisée, non loin de chez nous ; je suis sûr que ce n'était pas un hasard. Elle s'est coulée vers moi avec des airs de conspiratrice.

– Qu'est-ce que tu veux, hein ?

– Vous allez mieux ?

– Je suis en hôpital de jour. Ils disent que je représente moins un danger pour les autres que pour moi-même. Alors je répète ma question : qu'est-ce que tu veux ? En échange de cette fichue formule ?

J'ai mordu dans mon pain au chocolat.

– Vous seriez bien inspirée de retourner à l'hôpital, ai-je marmonné, la bouche pleine de gras et de miettes. Vous me foutez les jetons.

Elle allait rétorquer quelque chose, mais je me suis engouffré dans mon hall d'immeuble. J'avais le code et pas elle.

Pendant quelque temps, j'ai redouté qu'elle ne m'attende toute la nuit devant la porte. Mais quand je suis ressorti, le lendemain matin, il n'y avait plus personne. Le théorème de l'incomplétude raisonnée inverse était là, quelque part sous mon crâne – un trésor dans le désert. Attendant le coup de sirocco propice.

6

Après cet épisode, j'ai décidé de tomber amoureux. Le collège est fait pour ça : vous racontez à vos parents que vous allez « réviser » chez votre copain/copine, ou qu'un/e ami/e organise une « soirée » mais que, bien entendu, « ses parents seront là » et, si votre nez se mettait à pousser comme celui de Pinocchio, on pourrait y faire sécher tout le linge du Guatemala. N'étant pas du genre à me défiler, j'ai commencé à ouvrir tout grands les yeux aux alentours de mon 14e anniversaire.

Mes critères étaient stricts. J'avais toujours sur moi une fiche avec dix cases à cocher. À partir de neuf critères satisfaits, je pouvais commencer à imaginer la possibilité de caresser l'éventualité d'imaginer la potentialité d'une idylle à l'essai. Hélas ! personne dans ma classe ne faisait l'affaire.

Il a fallu attendre le début du troisième trimestre, et notre première sortie de l'année à la piscine, pour que le destin veuille bien arrêter de tirer une tronche de 3,50 m de long.

Elle s'appelait Sandrine, et c'était une sirène.

Elle avait la capacité de se rendre invisible, ce qu'elle faisait à chaque fois que des gamins irresponsables sautaient dans l'eau chlorée. Quand elle voulait se reposer, elle se contentait de rester allongée sur le ventre au fond du bassin. À d'autres moments – bien plus rares –, quand il lui prenait fantaisie d'admirer les maillots de bain des filles ou de se moquer des deux ou trois pauvres types qui prétendaient savoir nager le papillon, elle se couchait sur le dos.

Pour quelque énigmatique raison (difficile, rétrospectivement, de ne pas faire le lien avec l'émergence de ma puberté), j'étais capable de la voir. Allongée au fond du bassin, sa queue argentée ondulant avec élégance, elle souriait à la vie, et des lumières chatoyantes passaient sur son visage. Soudain nos regards se sont croisés. Son sourire s'est effacé, et son joli front s'est ridé.

Sans me démonter, je lui ai fait signe que j'allais descendre jusqu'à elle. À défaut d'être un plongeur exceptionnel, j'étais capable de retenir ma respiration pendant deux ou trois minutes. Miss Sirène s'est redressée, le buste droit, la queue figée. Naturellement, elle était nue, et vous imaginez bien que le spectacle de son ample chevelure blonde ondoyant sur ses épaules d'albâtre était assez difficile à supporter. Je me suis cependant efforcé de ne pas me montrer discourtois.

Je lui ai dit mon nom. Je ne lui voulais aucun mal, l'idée était juste de faire un brin de causette. Certes, elle était très jolie, mais :

– Ne vous méprenez pas, ai-je commencé, ce n'est pas la première pensée qui m'a traversé l'esprit quand je vous ai vue. Je veux dire, vous êtes sûrement une fille remarquablement cultivée, surtout en ce qui concerne la faune aquatique, les us et coutumes *under the sea*, la religion, tout ça, moi je m'intéresse à l'univers dans son ensemble, mes parents me font suivre une psychothérapie à 200 francs par séance parce qu'ils me trouvent agité, en décalage perpétuel avec la réalité, quand j'étais petit, ha, ha, vous n'allez pas le croire, l'espace de quelques semaines je me suis transformé en toucan – non, je n'ai pas de photos –, sur quoi j'ai inventé une machine à voyager dans le temps mais, tout bien considéré, je préfère que les gens ne l'utilisent pas, et c'est la raison pour laquelle… »

Elle a posé un doigt sur mes lèvres.

– Je m'appelle Sandrine, a-t-elle murmuré d'une voix de miel aux fleurs (et il me semblait que ses cheveux poussaient à vue d'œil, et que chaque écaille de sa queue argentée captait un éclat du soleil et le renvoyait à sa très personnelle façon). Heureuse de te rencontrer. Est-ce que tous les humains sont aussi fous que toi ?

J'aurais aimé lui répondre, mais je manquais d'air. D'un coup de talon, je me suis propulsé vers la surface.

Notre prof d'EPS me lorgnait d'un œil torve.

– À quoi tu joues ? On avait dit 400 mètres quatre nages, pas natation synchronisée.

J'ai hoché la tête et j'ai replongé direct. Sandrine folâtrait dans le fond, son ombre se découpant sur le carrelage bleu de la piscine.

– Je voudrais me marier avec toi, ai-je annoncé, dans la mesure où, visiblement, le tutoiement était permis. Et ce serait bien qu'on ne passe pas trois heures à en discuter : je n'ai pas de branchies.

Sandrine a émis un rire cristallin. Aucune méchanceté dans ce petit ruisseau. Ses yeux brillaient (opales véritables), son sourire étincelait (nacre) et sa chevelure ondoyait (au feu les pompiers), mêlée de filaments d'or.

– Absurde. Les humains ne peuvent pas épouser les sirènes.

– Pourquoi non ?

– Nous vivons 400 ans.

– Et si j'utilise une machine à voyager dans le temps ?

– J'en ai 70.

– Parfait ! Ça fait 14 ans en âge humain !

– Combien de temps peux-tu rester sous l'eau sans respirer ?

– Vingt minutes en cas de motivation forte.

– Pas suffisant. Nos cérémonies de mariage durent au moins deux jours. Il faut réciter un tas de poèmes. Nous avons des ballets, aussi.

– Ça a l'air génial.

– Tu t'imagines, passer le restant de tes jours dans une grotte sous-marine ? Tu vois dans le noir, au moins ?

– Mes yeux peuvent s'habituer à l'obscurité. Il y a cependant une chose à laquelle ils ne s'accoutumeront pas.

– Quoi donc ?

– La splendeur inaltérable de ton inexpugnable beauté.

Elle a esquissé un sourire avant de virevolter encore, me présentant sa queue dans un sillage de bulles nerveuses. Elle se faufilait comme une anguille.

– Nous ne pourrons pas avoir d'enfants. Pour d'évidentes raisons physiologiques, mon très cher.

– Nous adopterons.

Elle s'est approchée de l'un des filtres encastrés dans les parois du bassin et, sans effort, l'a descellé. Je me suis approché.

– Qu'est-ce que tu fabriques ?

– Je rentre à la maison. Papa va s'inquiéter.

– Emmène-moi.

Ses cheveux caressaient mes joues, mes lèvres, mon cou. L'extase était telle que j'en oubliais de respirer. Elle a pris mon visage entre ses mains.

– Pas mal, pour un humain.

– Est-ce le sujet ?

– Tes lèvres deviennent bleues.

– C'est parce que je suis en train de mourir : d'amour.

– Imbécile.

– Imbécile pas encore heureux. Emmène-moi, te dis-je.

– Désolée, mais non.

Tête la première, elle s'est introduite dans le conduit et a disparu sans un adieu. J'ai crié à sa suite :

– Sandrine, ne comprends-tu donc pas ? Les humains sont idiots. Je me sens si seul en ce bas, bas monde ! Je pourrais dériver sans fin au cœur de l'espace intersidéral, ce serait pareil.

Est-ce que je lui ai vraiment dit ça ? À la relecture, ça sonne bébé-geignard.

Bref.

Elle n'avait pas pris la peine de reboucher le conduit. Je suis remonté à la surface pour prendre une goulée d'air (mon prof d'EPS a eu le temps de m'annoncer que j'avais récolté un avertissement-conduite), et j'ai replongé illico.

Je ne sais pas si vous vous êtes déjà introduit dans un conduit d'évacuation des eaux usées, mais si la réponse est non, restez-en là.

Il faisait sombre, tout était étroit et serré, la route était longue et l'air manquait : comme dans la vie, mais en pire.

La sirène avait laissé de grosses bulles d'air derrière elle – à dessein, voulais-je croire. Il suffisait que je plonge la tête dedans pour gagner dix minutes de souffle.

Combien de temps ai-je erré ainsi, ouvrant les bras au milieu des détritus et des poissons morts, bercé par les rêves délaissés de mes prédécesseurs, lancé à la poursuite de mon écailleuse adorée ?

Il y a eu une chute – une cascade ? –, j'ai eu le temps de voir une falaise, le soleil, ma propre mort en face, peut-être me suis-je cogné la tête au passage, peu importe.

Quand j'ai repris mes esprits, je me trouvais dans l'océan, froid mais sans chlore. Une gigantesque forêt d'algues dansait devant moi, un paysage de ruines cyclopéennes comme sculptées par la main de quelque antique divinité (j'appris plus tard que c'était précisément le cas).

Nageant à larges et souples brasses au milieu d'une myriade de poissons abusivement colorés, je gardais l'œil rivé sur le requin-marteau qui fendait les flots en parallèle, et qui avait les yeux du banquier de ma mère.

Pour finir, le flot, l'instinct, les lumières du large et une cohorte de méduses compatissantes m'ont conduit vers un ample théâtre antique, des demi-cercles de gradins moussus au centre desquels trônait une arche. Le tout baignait dans des tons bleu nuit, à 30 mètres de profondeur.

Sandrine était lovée entre les bras d'un géant au visage de corail et aux muscles de roche ancienne qui se permettait, les doigts couverts de coquillages – et tout en recrachant une murène indolente –, de passer ses doigts dans ses cheveux. Pour qui se prenait ce salopard ? N'écoutant que mon courage (qui me hurlait des insanités à l'oreille), j'ai attrapé un espadon qui avait le malheur de traîner dans les parages et, lance pointée, j'ai foncé sur l'importun.

Il m'a écarté d'une large baffe. L'eau a amorti le choc, mais tout de même : j'ai vu danser des constellations inversées, et mille autres sirènes sont venues chanter sous mes yeux. Je ne manquais pas d'air, mais en fait si. Sandrine est venue à ma rencontre, consternée. Qu'est-ce que je croyais fabriquer ?

J'ai recraché un mini-cumulus de sable.

– Je suis venu te sauver des griffes de ce monstre ! ai-je glouglouté, le doigt pointé sur le colosse qui, désormais juché sur un rocher, nous observait bras croisés au milieu d'un tourbillon de requins-bouledogues.

– Splendide, a rétorqué la belle. Tu sembles juste négliger un détail.

– Lequel ?

– Ce monstre est mon père.

Après cette mise au point, les choses sont devenues beaucoup moins limpides entre Sandrine et moi.

J'ai appris que nos signes astrologiques chinois étaient incompatibles. J'ai découvert qu'elle n'aimait pas la paella. Et ne parlons pas de son manque d'intérêt criant pour le football.

De toute évidence, elle était également dotée d'un caractère de cochon, et son papa chéri tenait dans sa vie une place beaucoup trop essentielle.

N'étant pas du genre à partir inconsidérément en guerre contre un beau-père de 20 mètres au garrot fondu dans un bloc de roche volcanique, j'ai décidé de battre en retraite.

Il m'a fallu plus de quatre heures pour regagner la piscine. Plusieurs fois, je me suis trompé d'embranchement. Le chagrin m'obscurcissait l'esprit. Je pensais aux yeux de Sandrine, à son sourire inoxydable. Ils auraient tout à fait eu leur place dans une exposition temporaire de 1 900 mètres carrés sur la nostalgie incurable.

Quand, enfin, je suis arrivé à destination, toutes les lumières étaient éteintes, mais le grand bassin se vautrait dans un halo bleuté d'une suavité exécrable. Il était 22 heures, et il ne restait sur place que trois pompiers en train de remballer leur matériel de sauvetage.

J'ai jugé préférable de rentrer en catimini. Aux autorités compétentes, plus tard, j'ai raconté que j'avais eu « une absence », sans plus m'étendre sur le sujet.

N'empêche.

Il m'a fallu pas mal de temps pour oublier Sandrine. Chaque fois que j'allais à la piscine, je la guettais – à travers les rayons du dieu Râ, sous la valse triste des vaguelettes iridescentes.

Bien que personne ne me l'ait demandé, j'ai cessé de manger du poisson. Ça n'a pas suffi à la faire revenir.

Par la suite, j'ai appris que les sirènes étaient dotées d'une fort mauvaise mémoire. Autrefois, raconte-t-on aussi, elles chantaient pour les marins au long cours et les attiraient dans de noirs abysses pour leur dévorer le cœur. Tout compte fait, je ne m'en étais pas si mal tiré.

7

Le temps des sentiments n'était pas encore venu. Mieux valait, pour l'heure, me concentrer sur les choses de l'esprit.

Le baccalauréat s'annonçait comme une simple formalité. Mon bulletin de terminale était « plutôt satisfaisant », comme on dit dans le jargon parental. La veille de l'examen, installée avec moi à la table de la cuisine, ma mère a tenu à lire à voix haute chaque appréciation de mes professeurs.

– Français : « M'a ouvert les yeux sur la littérature ». Mathématiques : « Malheureusement, il n'existe pas de prix Nobel pour cette discipline ». Sciences naturelles : « Le talent de l'élève pour cette matière n'a rien de naturel ». Anglais : « J'ai cru pendant toute l'année que l'élève était anglais ».

Sciences physiques : « Élève à même de révolutionner les fondements mêmes de la discipline ». Philosophie : « A changé ma vie ». Eh bien, mon grand. Ça devrait plutôt bien se passer, non ?

J'ai hoché la tête. Ma mère, qui s'évertuait à parcourir le monde « pour son travail », était récemment revenue auprès de nous. Pour l'examen, mais pas seulement : mon père était à l'hôpital. Depuis deux ans et demi, il se battait contre une saloperie à pinces coupantes. Je me suis levé pour me servir un jus de goyave. La vérité, c'est que la perspective des études m'ennuyait. Travailler pour gagner de l'argent ? Mes aspirations étaient plus élevées, et il existait mille façons autrement plus amusantes de faire gonfler son compte en banque. Parier sur des courses de lévriers, par exemple ; participer à des jeux télévisés fréquentés par des bataillons d'experts-comptables bouffis de suffisance ; remporter des prix littéraires ; jouer en Bourse ; gagner des concours de bras de fer contre des Hells Angels. Tout ça, je l'avais déjà fait, ou j'étais capable de le faire. À quoi bon s'empoisonner la vie avec de basses considérations matérielles ?

Et cependant : il me fallait le passer, ce fichu bac. Ne serait-ce que pour qu'on arrête de m'en parler. Ne serait-ce que pour faire plaisir à mes géniteurs. Vous savez comment sont les parents. Incapables de gérer leurs angoisses. « Oui, peut-être que mon fils parle couramment dix-sept langues, peut-être qu'il a appris le programme de mathématiques de Centrale dans son bain entre septembre et novembre, et, d'accord, il traduit des sonnets de Goethe en grec ancien pour le plaisir et en regardant des matchs de hockey sur gazon, mais quand même : et si jamais, au moment de l'oral, il était saisi subitement d'une paralysie faciale ? »

Le premier jour était celui de l'épreuve d'EPS. J'avais pris l'option saut en hauteur. Pendant toute l'année, et à cause d'un stupide conflit avec mon professeur, j'avais sauté en ciseaux – une méthode surtout connue pour ses résultats médiocres. Ce matin-là, allez savoir pourquoi, je suis parti en fosbury flop (la prise d'élan est courbe, le sauteur arrive parallèle à la barre, l'impulsion est prise avec le pied le plus éloigné de la barre – au même moment, dos à l'obstacle, on élève la jambe libre) et, à mon premier essai, je suis monté si extraordinairement haut que tout le monde a été d'accord pour me laisser fixer la barre suivante au niveau de mon choix.

Mes sensations étaient bonnes. Je me sentais léger, plein d'une saine énergie. Pour le deuxième essai, j'ai mis une barre à 1,40 m… et une autre bien au-dessus, à 2,50 m. Le temps que les examinateurs se rendent compte de ce qui se tramait, je me suis élancé de nouveau. Quand je suis retombé sur le matelas, souple comme un lynx, je n'ai pas immédiatement compris pourquoi un silence spectral s'était abattu sur l'aire de saut. J'avais pensé être passé entre les deux barres, mais tel n'était pas le cas : je m'étais bel et bien élevé au-dessus de la seconde.

Regagnant ma ligne d'appel, j'ai vu mon prof d'EPS défaillir. Soutenu par des élèves, il a été forcé de s'asseoir.

– Quoi de neuf ? ai-je demandé en remontant mes chaussettes Winnie l'Ourson.

L'un des élèves pointait la barre d'un bras tremblant ; il bredouillait.

– Deux… Deux mètres cinq…

– Deux mètres cinq ?

– Deux mètres cinquante, a-t-il réussi à articuler.

Je me suis passé une main sur la nuque.

– Et ? C'est beaucoup ?

Un élève s'est avancé, souffle court.

– Le record du monde, c'est Javier Sotomayor. Enfin, c'était.

– Combien ?

– 2,45 m.

Je ne savais pas trop quoi penser. Oui, ma course d'élan avait été impeccable, et j'avais eu la sensation de *bien* partir. Mais quand même : penser que la meilleure performance mondiale était aussi faible me déprimait.

Pensif, je suis allé ôter la barre pour la disposer plus haut. Le professeur, qui avait repris ses esprits, s'est précipité vers moi.

– Qu'est-ce que tu fais ? Tu es fou ?

Barre à la main, je l'ai dévisagé.

– Quoi ?

Il s'est passé une main sur le front.

– Tu as ôté la barre.

– Je ne pouvais pas la laisser là jusqu'à la fin des temps.

– Il n'existe plus aucune preuve de ton exploit.

– Vous m'avez vu faire, non ?

– Évidemment, mais…

– Ça fait quoi, comme note, 2,50 m ?

Il a dégluti.

– Ça fait 20/20. Là n'est pas la question.

Je lui ai rendu la barre.

– Oh ! Nickel. Du coup, je vais m'arrêter là, si ça ne vous dérange pas. Aucune envie de me fouler une cheville. J'ai maths, demain.

Son regard exprimait un sentiment à mi-chemin entre l'épouvante pure et la vénération que l'on réserve d'ordinaire aux divinités de type Zeus.

– Tu n'as pas l'air de saisir.

– Mm ?

– Tu viens de battre le record du monde. De le pulvériser : de 5 centimètres.

– Ce n'est pas grand-chose.

– Tu veux rire ? C'est la plus grande performance de l'histoire mondiale de l'athlétisme.

Je lui ai tapoté l'épaule.

– Eh bien, disons que c'est grâce à vous.

J'ai tourné les talons. Il m'a couru après, m'a attrapé par le bras, m'a supplié de revenir, de tenter un autre saut – juste un ! –, il a gémi, menacé, a soutenu qu'il allait contacter la presse, faire venir la télé, mander le ministre des Sports, le président de la République, il pleurait et riait en même temps : ce malheureux était en train de perdre complètement les pédales. Compatissant, j'ai tenté le coup du sourire.

– Laissez-moi juste aller pisser.

Il m'a regardé trottiner à reculons vers les toilettes. De la main, je lui ai adressé un petit signe rassurant. « Je reviens tout de suite ! » ai-je promis, radieux. Je me suis faufilé par la porte de derrière et je suis rentré chez moi.

Il vous intéressera sans doute de savoir que je n'ai pas eu le bac. Au matin du troisième jour, celui des épreuves de sciences physiques et de sciences naturelles, l'hôpital a appelé pour nous annoncer que mon père se trouvait en insuffisance respiratoire. Ma mère, évidemment, aurait préféré que je n'en sache rien, et peut-être que l'intéressé aussi, mais c'est ainsi que ça s'est déroulé.

Ignorant les protestations maternelles (jérémiades, arrachages de cheveux gris, regards de tueuse), j'ai claqué la porte de l'appartement sans même emporter ma trousse ou ma calculette. Ce devait être un signe, me suis-je figuré. Le monde ne voulait pas que je perde mon temps avec des objectifs futiles, examens ou autres concours. Ne valais-je pas mieux que ça ?

Mon père était mourant. Que fait-on dans ce genre de cas ? On fait le poirier. On lit des fables de La Fontaine. On parle de Platini. On sifflote : « Chassez de votre esprit tous vos soucis / Prenez la vie du bon côté / Riez, sautez, dansez, chantez

/ Et vous serez un ours très bien léché ! » On se rappelle les bons moments.

J'ai tenu la main de mon papa chéri. J'ai pleuré à la fenêtre en regardant des mouettes batifoler devant le soleil. Quand le moniteur cardiaque a commencé à émettre des bruits inquiétants, je me suis retourné.

Une infirmière a déboulé et m'a demandé de sortir. « Pas question », lui ai-je signifié. Elle a voulu répliquer, et puis elle a dû percevoir cette lueur dans mon regard, cet éclat menaçant qui voulait dire « Ne perds pas ton temps », et elle n'a pas insisté.

Un médecin est arrivé, ils ont donné plus d'oxygène à mon père, et ma mère a débarqué, et mon père a survécu trente-six heures supplémentaires, le temps de faire ses adieux à tous ceux qu'il aimait et à tous ceux qui l'aimaient.

Il est mort le lendemain soir, tandis que des nuages pleins de larmes s'accumulaient au-dessus de la ville.

On était assis de chaque côté du lit, ma mère et moi, et chacun tenait mon père par la main, comme pour éviter qu'il ne s'envole.

C'est pourtant ce qu'il a fait, peu avant le journal de 20 heures. Sous le regard éteint de ma mère, son corps s'est soulevé d'une vingtaine de centimètres. Moi qui étais le seul à le voir, j'ai serré plus fort la main de son cadavre en devenir.

L'âme montait.

Tout magicien qu'il était, mon père avait la tête d'un type qui ne maîtrise pas tout à fait son tour. Il souriait, surpris, prenant lentement de l'altitude. Bravo, papa ! Sans élan ! Ma mère, qui ne percevait rien de tout cela, était en train de sangloter. Des infirmières sont arrivées et l'ont éloignée avec douceur.

Arrivé au plafond, flottant bras écartés, mon père nous a considérés tour à tour, à la fois étonné et ravi, d'un air de dire : « Hé, t'as vu ? Moi aussi je me débrouille, en saut en hauteur. »

J'ai levé un pouce et je l'ai regardé disparaître par la fenêtre, trop avide, comme la plupart des morts, de découvrir ce qui l'attendait dans les replis de l'atmosphère et du temps pour se soucier du sort de ceux qui restaient derrière lui.

8

J'avais 18 ans, et pas le moindre diplôme en poche : le moment était venu de trouver un emploi. La question était moins de savoir ce que je pouvais faire que ce dont j'avais envie.

Dans le cabanon que mes parents avaient acheté quelques années plus tôt, en face de leur petit carré de potager au milieu d'un jardin communal divisé en parcelles, je m'étais mis à construire ma machine à voyager dans le temps.

Du temps, c'était justement ce dont j'avais besoin. Un peu de fric aussi, et une quantité raisonnable de réflexion intense.

Je me suis donc mis en quête d'un travail qui, passé l'acquisition des réflexes de base, ne me demanderait aucune concentration. Serveur de pizzas, livreur de machines à laver, professeur d'allemand, balayeur municipal ? Trop compliqué.

J'ai acheté un journal et j'ai parcouru la rubrique des petites annonces. Une usine embauchait, à deux pas de chez nous. Le salaire était misérable, le boulot avait l'air raisonnablement stupide : pile ce qu'il me fallait.

J'ai envoyé mon CV. Les gars m'ont répondu presque tout de suite. Ils étaient d'accord pour me rencontrer. Tu m'étonnes. J'ai enfilé mon unique costume et je me suis présenté au rendez-vous avec dix minutes d'avance.

Le DRH était un grand blond d'une cinquantaine d'années portant une veste en velours et des bottines assorties. Il avait croisé les pieds sur son bureau encombré de paperasses et était occupé à couper un cigare. Il m'a accordé un coup d'œil fatigué.

– Vous savez ce que nous fabriquons ?

– Oui.

– Je veux vous l'entendre dire.

– Des araignées en peluche.

– Pas « des » araignées. Une araignée. Spido. Notre mygale fétiche.

– Une belle bête, à tous les égards.

– Vous le pensez ? Super. Bon, notre positionnement marketing est le suivant : nous voulons jouer sur la répugnance naturelle du public envers ces animaux pour la retourner à notre profit. L'idée est de culpabiliser toute la famille. Spido se sent si seule ! Personne ne l'aime. En achetant Spido, la mygale qu'il vous faut, l'enfant aura la sensation de se singulariser et d'arracher la bête à un quotidien de solitude, de toiles gluantes et d'insectes morts. La petite carte glissée dans la boîte précise que Spido peut tout à fait ne se nourrir que de câlins et de chatouilles. Spido se décline en quatre modèles.

– Je sais, l'ai-je coupé : noir, polaire, pailleté et gothique.

Le type s'est fendu d'une moue approbatrice.

– Exact. Le modèle gothique est notre nouveauté de cette année et, à l'approche des fêtes, j'aime autant vous dire que nous comptons beaucoup dessus. Les petites filles gothiques ne se sentent pas autorisées à demander une peluche : c'est trop positif. À la rigueur, elles peuvent voler un ours et lui couper un bras – hypothèse haute –, mais vous admettrez que ce n'est pas l'idéal. Avec Gothic Spido, nous leur proposons à la fois une confidente et une amie zarbie. Nous avons créé un site Internet. Vous êtes allé jeter un œil ? Les clientes peuvent nous envoyer des mails relatant l'expérience de leur petite bébête : le journal de Spido, en quelque sorte. « Aujourd'hui, j'ai encore mordu quelqu'un. Je m'en veux et, en même temps, j'adore ça. » Vous voyez le topo. Certes, il reste deux ou trois détails à fignoler, mais… (Il m'a tendu son cigare.) Vous fumez ? Bravo. C'était un test. À part ça, vous m'avez apporté votre CV ?

De la poche de ma veste, j'ai sorti une feuille pliée en quatre. Il l'a parcourue rapidos et a émis un ricanement déplaisant.

– Recordman du monde de saut en hauteur ? C'est quoi, ces conneries ?

Je me suis abstenu de répondre.

– Père : mort. Signe particulier : a été un toucan. J'imagine que ce délire est censé donner de vous une image sympathique.

J'ai voulu expliquer : il ne m'en a pas laissé le loisir.

– Nous payons le salaire minimum.

– Je sais.

– Je hais les syndicats. Le dimanche, je m'entraîne au tir sur des cibles de manifestants FO. En carton, je précise. Ce n'est pas que nous soyons des ordures stricto sensu : je veux dire, pas plus que les autres. Mais il nous est impératif de minimiser les coûts de production, et lésiner sur les matières premières est hors de question. Chaque araignée Spido doit offrir un toucher inimitable. Les yeux sont en plastique premier choix. Chinois de Chine chinoise, quoi. Il y en a huit. Des yeux, je veux dire. Et nous avons même ajouté des crochets… Vous n'êtes pas arachnophobe, j'espère ?

– Tous les animaux ont mon amour et mon respect.

– Si je vous demande ça, c'est parce que certains de nos ouvriers – de nos ouvrières, surtout – finissent par se taper de vilains cauchemars. Huit heures par jour avec ces saloperies pendant des années, ça peut finir par laisser des traces.

– Je ne me souviens jamais de mes rêves.

– Marié ? Des enfants ?

– Non.

– Magnifique. La raison pour laquelle vous voulez travailler chez nous ?

– Je suis efficace, ponctuel et méticuleux. Je cherche une tâche simple et répétitive. Les processus complexes me répugnent.

Il s'est allumé son cigare et a soufflé au plafond une bouffée satisfaite.

– Vous allez vous plaire chez nous.

Mains sur les cuisses, j'attendais la suite. Le type a ôté les pieds de son bureau, a ouvert un tiroir et m'a tendu un contrat d'embauche : une simple feuille à signer. Le lendemain, je me présentais à mon poste à 8 heures.

Le boulot n'était pas difficile. Ma mission personnelle était de vérifier que les pattes des araignées étaient bien accrochées. Je devais tirer dessus. Pas trop vigoureusement quand même. Disons avec la force d'une petite fille de 7 ans à qui on vient de refuser une glace.

Il n'y avait aucune raison de penser que la moindre patte eût pu se détacher. La couture était automatisée, les risques de malfaçon rarissimes.

En règle générale, je parvenais à vérifier 8 araignées en une minute – des fois 9. Environ 500 Spido par heure. Soit 4 000 dans la journée, 20 000 en une semaine, 80 000 par mois. En une année, si je ne prenais pas de vacances (je n'avais nulle intention d'en prendre) et si je parvenais à accélérer la cadence, je pouvais viser le million. La compagnie, qui s'était fixé pour objectif de conquérir, entre autres, les marchés chinois et coréen, considérait mon zèle avec un intérêt tout particulier.

Les autres ouvriers, eux, me haïssaient cordialement, surtout quand je les exhortais à se magner le cul. Je pouvais les comprendre : que nous produisions 500 000 araignées par an ou 3 millions ne changeait pas grand-chose ; simplement, je n'aimais pas avoir l'impression de perdre mon temps. Mon propre rythme me satisfaisait. Mon esprit s'était calé dessus, et je réfléchissais en cadence.

Car – ne l'oublions pas –, mon objectif principal était toujours de construire cette machine à voyager dans le temps. Parfois, quand je tirais sur une patte, quelque chose se débloquait dans ma tête : l'un des termes d'une équation se mettait en place, une solution se dessinait. Je reposais une Spido sur son tapis roulant et mon esprit, comblé, ronronnait comme un puma du troisième âge.

De façon générale, donc, ce boulot m'apportait entière satisfaction, et j'aurais pu m'y adonner pendant un bon paquet d'années si un incident fâcheux, obéissant à la loi de l'embêtement maximal dite « du chaos », n'avait fini par se produire.

Le problème était le suivant : mon voisin de gauche et ma voisine de droite étaient tous deux amoureux de moi.

Mon voisin de gauche était chargé de vérifier les crochets à venin, une pièce de l'assemblage souvent problématique (beaucoup plus que les pattes, en tout cas). Ma voisine, elle, devait procéder à un examen général de la bête afin de décider si, oui ou non, elle pouvait être empaquetée. En d'autres termes, elle disposait du « final cut » : c'était une sacrée responsabilité.

Il y avait, dans la façon lascive dont mon voisin de gauche caressait la tête des Spido avant de me les tendre, quelque chose qui me gênait (et qui nous faisait perdre du temps). De la même façon, ma voisine de droite travaillait moins efficacement depuis que j'avais été placé à son côté. Dix fois, cent fois, je l'avais vue balancer dans la corbeille à rebut des araignées pourtant parfaitement fonctionnelles. Un jour, j'ai fini par lui demander ce qui ne collait pas.

– Crochets disgracieux, s'est-elle contentée de lâcher en battant des cils. Tu as quelque chose de prévu pour ce week-end ?

J'ai opiné d'un air entendu. Ses intentions étaient limpides : elle essayait de faire virer mon voisin de gauche.

Le malheureux, qui frôlait mon bras de ses doigts graciles avec une douceur de plus en plus insistante, ne se doutait de rien.

Un jour que leur petit manège commençait à prendre des proportions extravagantes, j'ai appuyé sur le gros bouton rouge qui se trouvait *sous* le tapis roulant – ce bouton que nous ne devions enfoncer qu'en cas d'« urgence vitale ». Ça a jeté un froid. Je me suis tourné vers mon compagnon de gauche.

– Je suis marié. J'ai six enfants. Est-ce que tu peux respecter mon besoin de solitude intérieure, s'il te plaît ?

Le visage du type s'est décomposé. Ma voisine de droite, qui avait tout entendu, s'est retenue à un pylône pour ne pas défaillir.

– Marié ? Avec une femme et tout ? Tu es tellement jeune… Tellement…

Nous n'avons pas eu le temps de poursuivre cette passionnante conversation. Trente secondes plus tard, un responsable sécurité déboulait, furibard.

Nous étions mis à l'arrêt. Tous les trois ! Procédure disciplinaire – article 7 du règlement intérieur. Apparemment, ma petite facétie avait entraîné une réaction en chaîne. Le responsable de la machine à planter les yeux, qui était le voisin de gauche de mon voisin de gauche, avait voulu s'expliquer avec son voisin de droite (mon voisin de gauche, donc) ; l'altercation qui s'était ensuivie avait occasionné une déviation subtile du bras mécanique dont le type en question avait la charge. Résultat ? Les yeux n'étaient plus droits, mais légèrement en biais. En quelques secondes, des dizaines d'araignées s'étaient vues affublées d'un regard penché qui leur donnait un air doucettement azimuté. Moi, je ne trouvais pas que c'était bien grave – au contraire, même – mais, de toute évidence, la direction n'était pas de mon avis.

Le résultat, c'est que l'usine a été contrainte au chômage technique pour le restant de la journée, le temps que des ingénieurs vérifient cette histoire de bras mécanique.

Le bruit s'est mis à courir que tout ce bordel était ma faute. Des regards noirs m'ont suivi tandis que je quittais les lieux. Dans mon poing, froissé, mon premier avertissement, assorti d'une notification de retenue sur salaire.

À l'arrêt de bus, sans surprise, ma voisine de droite est venue se planter sur ma droite. Ses lunettes étaient couvertes de buée. Elle avait tellement pleuré que ses yeux n'étaient plus capables de fabriquer des larmes : seulement une espèce de vapeur tiède – un chagrin condensé façon sauna finlandais.

– Qu'est-ce qui se passe ? ai-je demandé.

– C'était mon troisième avertissement.

– Ouille.

– Je suis virée.

– Double ouille.

– C'est à cause de toi. À 150 %.

– Je bégaie ton pardon ?

Elle a ôté ses lunettes et a tourné vers moi son doux regard vert-de-gris.

– Je t'aime.

– Merci du renseignement.

– Pas toi ?

Je me suis raclé la gorge.

– Si. Je m'aime aussi. (Son visage s'est décomposé.) Je plaisantais. Enfin, pas tant que ça. C'est quand même important, l'auto-estime, non ?

– S'il te plaît…

J'ai soupiré.

– Je t'aime aussi. (Une lueur de reconnaissance éperdue s'est allumée dans son regard. Elle a vite disparu.) De même que j'aime les séparatistes basques, les scolopendres, les pierres de lune et le vent dans les saules. J'aime la Terre entière. Tu fais partie du tout. Tu es une poussière d'étoile, comme chacun de nous. À ce titre, je te révère.

Elle a détourné la tête, tâtant les poches de son jean à la recherche d'un paquet de cigarettes qui ne s'y trouvait pas.

– Ils disent qu'il va pleuvoir ce week-end. Ça nous fait quand même une drôle d'arrière-saison.

Il y avait une fêlure dans sa voix, quelque chose comme la faille de San Andreas juste avant le grand tremblement de terre.

Le bus est arrivé, et je l'ai regardée monter dedans, seule avec son amour inutile. Heureusement, elle s'est assise de l'autre côté. Je crois que je n'aurais pas supporté de voir son visage visqueusement collé contre la vitre.

Rentré chez nous, j'ai passé deux heures enfoncé dans le fauteuil de mon père à compulser une pile de grimoires antiques – sorcellerie, invocations et compagnie.

Ma mère, avec qui je vivais encore à cette époque, est sortie de la salle de bains en rajustant ses boucles d'oreilles Mickey.

– Tu t'intéresses aux livres en latin, maintenant ?

– On dirait bien.

Elle s'est tordu le cou pour déchiffrer.

– *Nécromancie appliquée*. Je ne m'inquiète pas, donc ?

J'ai tapoté une autre couverture. Il n'y avait pas de nom d'auteur, mais le titre parlait de lui-même : *Comment animer des choses inanimées*. Ma mère s'est assise sur l'accoudoir.

– Ton père était prestidigitateur, illusionniste : pas magicien. J'espère que la différence ne t'a pas échappé. Il n'existe rien de tel, en ce bas monde, que le pouvoir de plier la réalité à notre pauvre volonté.

– Je sais, maman. D'où la chirurgie esthétique, la Loterie nationale et les séminaires de développement personnel.

– Ces livres, c'était son évasion. Une porte sur l'inconnu.

– Je sais.

– Je le répète : jamais il n'a pensé qu'on pouvait faire de la vraie magie.

– Je sais.

– Mais toi si, n'est-ce pas ?

Que pouvais-je lui répondre ? Que pouvais-je expliquer à cette femme qui, il ne faut pas l'oublier, avait vécu l'essentiel de sa vie intérieure dans un monde peuplé d'oursons bougons, de souris hystériques et de princesses microcéphales ? Que pouvais-je lui dire qui soit à la fois non réfutable et pas trop effrayant ?

La vérité était la suivante : la magie fonctionne. Pour peu qu'on se donne du mal. Pour peu qu'on parvienne à stimuler avec tact des zones cérébrales dévolues en principe à des tâches plus prosaïques. Pour peu que l'on applique à des postulats d'essence fondamentalement éthérique – comme peuvent l'être ceux de la magie traditionnelle – des méthodes héritées de la mécanique quantique ou d'une interprétation audacieuse de la théorie des cordes. Mais ça aurait été trop compliqué d'expliquer ça à ma mère. Pour elle, la magie, c'étaient les fées de *La Belle au bois dormant*.

J'ai déposé un baiser sur son front (« Nous en reparlerons », a-t-elle mystérieusement marmonné), je me suis enfermé dans ma chambre, j'ai enroulé le tapis, j'ai tracé le pentacle au sol – à la craie noire, rien de moins –, j'ai placé l'araignée en peluche que j'avais volée en son centre, j'ai allumé les bougies, j'ai fermé les volets, j'ai ouvert le grimoire et j'ai commencé à réciter la formule.

La magie traditionnelle n'est pas si différente de ce que l'on appelle aujourd'hui « méditation ». Disons, pour faire simple, qu'il s'agit d'une sorte de rumination active, où tout – les moyens, les schémas, les objectifs – doit être visualisé et investi de l'énergie de l'esprit. Si vous m'aviez vu marmonner, psalmodier et plisser le front, vous m'auriez pris pour un fou, comme des gens du XVIIIe siècle auraient pris Pasteur pour un exalté, comme des gens du XIXe siècle auraient pris Einstein pour un dément, etc.

Si vous aviez été le veilleur de nuit de l'usine de production Spido, vous ne m'auriez pas pris pour un fou : c'est vous qui auriez pensé l'être en voyant soudain des centaines d'araignées en peluche s'animer, remuer gentiment leurs huit pattes et sauter de leurs containers pour se lancer à la conquête de la ville.

La suite, vous l'avez peut-être découverte dans les journaux, si vous savez lire entre les lignes – personne, en ce monde, n'étant assez brave ou inconscient pour prendre la responsabilité de rédiger un article décrivant une invasion massive d'araignées en peluche.

Le directeur de l'usine Spido a fait un arrêt cardiaque. Vous en auriez également fait un si sept cents créatures noires et pelucheuses avec des yeux en biais avaient menacé de vous submerger telle une incoercible marée noire.

Un repreneur chinois s'est engouffré dans la brèche. Ma voisine amoureuse n'a pas été réembauchée. Elle a finalement trouvé une place chez un fleuriste.

Mon voisin de gauche, lui, m'a oublié. Je l'ai croisé dans la rue un jour, mais il ne m'a pas reconnu. Il avait l'air plus reposé que du temps où nous travaillions ensemble. Ces gens ne savaient pas ce qu'ils me devaient. Les araignées, si. Cinq d'entre elles sont venues habiter chez moi pendant deux-trois mois. Je les ai installées dans le cabanon où se trouvait ma machine à voyager dans le temps. Des genres d'araignées de garde. Ça les a amusées quelques semaines. Après quoi, comprenant sans doute qu'il ne se passerait jamais rien, elles ont fichu le camp. J'espère qu'elles sont au Guatemala aujourd'hui.

9

Je venais d'avoir 22 ans. De nouveau, la question de ma vie sentimentale se posait. Ma rencontre manquée avec Sandrine la sirène m'avait laissé un goût d'inachevé. La leçon paraissait claire : quelque exotique qu'ait pu paraître la perspective de convoler avec une créature surnaturelle – fantôme, vampire ou libraire –, il était manifestement préférable que je me tourne vers une femme *normale*, capable de porter la banalité en bandoulière, un peu comme ces sacs fantaisie que l'on fabrique aujourd'hui, qui sont si jolis mais qui ne servent à rien.

Par où commencer ? Je vous parle d'une époque où les sites de rencontre n'existaient pas. L'exercice de la drague m'était aussi étranger que celui du saut à ski dans le Marais poitevin. Quant à m'inscrire dans une agence matrimoniale, j'en avais autant envie que de partir en vacances en Corée du Nord avec un amateur de chansons grivoises. Rectification : j'en avais *moins* envie. Il m'a donc fallu recourir à un stratagème.

– Tu vas quoi ?

Occupée à repasser un vieux costume de Cendrillon, ma mère a suspendu son geste, me considérant avec perplexité.

Je venais de lui exposer les détails d'un plan audacieux : l'organisation, dans un vieux château fort, d'un grand bal masqué ouvert à tout un tas de gens sélectionnés au hasard, dans la même tranche d'âge que la mienne. Cinquante filles, quarante-neuf garçons qui ne se connaissaient pas, qui ne s'étaient jamais vus et qui ne se verraient pas.

Ma conviction était que je finirais par trouver quelqu'un : une fille qui n'aurait pu choisir un autre que moi. Ou peut-être serait-ce moi qui la trouverais ? À ce stade, ce n'était pas encore très clair.

– Et tu crois qu'une fille va te tomber dans les bras comme ça ?

– Ce n'est pas ce que j'ai dit.

– Mon pauvre, pauvre chéri.

Elle s'est remise à appliquer son fer en massacrant une chanson tirée des *Aristochats*. La vérité, c'est que nous vivions ensemble depuis des années et qu'elle voyait approcher avec angoisse le moment où l'oiseau, toucan ou pas, s'envolerait du nid.

Le soir du jour J, les participants ont commencé à se présenter au château. Le port du masque était obligatoire. Les déguisements allaient, chez les hommes, du Pokémon obscur au catcheur mexicain en passant par Charlemagne ou par Babar et, chez les femmes, de Betty Boop à Lakshmi, en passant par Marie-Antoinette (portant sa tête sous le bras) ou une panthère noire sans queue.

Une fille s'était déguisée en sirène, avec queue de pacotille et sourire de nacre, etc. J'ai hésité un moment avant de la laisser entrer mais en fin de compte, elle est partie rejoindre les autres, qui s'attroupaient docilement autour de grands saladiers remplis de punch et de sangria. Le visionnage assidu de comédies sentimentales m'avait appris une chose : l'alcool peut dénouer certaines situations d'apparence inextricable (même si, en général, il ne le fait pas très bien). J'étais prêt à tenter des expériences.

Aux quatre coins de l'édifice, j'avais installé des enceintes, diffusant une musique nonchalante au parfum de tropiques. Un crépuscule doré embrasait la plaine et les vignes en contrebas.

Peu à peu, des groupes se sont formés, au petit bonheur. J'allais de l'un à l'autre, affublé du masque de Bourriquet que m'avait refilé ma mère. Personne ne savait que j'étais l'organisateur de cette soirée.

La règle était que les couples qui s'étaient formés sortent de l'enceinte et aillent vivre leur gentille petite passion à l'écart. Pour eux, le jeu était terminé. Sur le coup de minuit, une dizaine de duos s'étaient ainsi éclipsés. Nous n'étions plus que quatre-vingts.

J'avais notamment discuté avec une louve, une banane, la Vierge Marie et une guerrière viking. Tout était plaisant, léger, amusant, mais mon rythme cardiaque restait toujours le même, et je commençais à désespérer.

Il devait être minuit et demi quand l'incendie s'est déclaré. Des structures en bois avec auvent étaient disposées le long de la muraille. Des cris se sont élevés. Les convives refluaient, affolés et confus. Avant que j'aie pu intervenir – et de quelle façon l'aurais-je fait ? –, la plupart des invités avaient passé le pont-levis et s'égayaient dans la forêt environnante.

C'était idiot. L'incendie n'avait aucune chance de se propager, et il allait peut-être même s'éteindre de lui-même. La chose étonnante, c'est que le feu s'était allumé en deux points éloignés. Difficile d'attribuer ça au hasard.

Dépité, je suis monté sur une muraille, du côté opposé à celui du sinistre, et je me suis assis, les pieds pendant dans le vide. Bientôt, une renarde s'est installée à mon côté. Elle a ouvert un paquet de cigarettes et me l'a tendu. J'ai secoué la tête. Elle a pris une clope et l'a coincée entre ses lèvres avant de l'allumer. L'extrémité a rougeoyé dans l'obscurité, je l'ai entendue soupirer derrière son masque. Tous les gens importants de ma vie fumaient ou ont fumé, ai-je réalisé.

La renarde était menue, elle semblait énergique, je la devinais malicieuse, encline à la solitude. Je n'avais pas vu son visage, mais je pouvais l'imaginer. Des yeux capables de percer le coffre-fort de mon âme.

Je me suis tourné vers les flammes qui crépitaient.

– C'est toi qui as allumé ça ?

– Tu sais comment s'appelle ce château ? a-t-elle répondu.

Sa voix était telle que je l'imaginais : elle me faisait penser à du miel. L'image d'une prairie me venait – vaste et semée de fleurs sauvages. Ma renarde y bondissait.

– Herzschloß, a-t-elle soufflé.

– Le « château du cœur », ai-je murmuré, pensif.

– Ni plus ni moins.

– Le cœur est en train de brûler.

– Eh oui.

– À qui est-il ? Ce cœur ?

Elle a tendu sa main pour que je pose la mienne dedans. Ce que j'ai fait. C'était la cérémonie la plus naturelle à laquelle j'avais jamais consenti. Ses doigts se sont refermés sur les miens.

– Tu viens, Bourriquet ?

J'ai regardé la forêt à nos pieds.

– Sûre ?

– Soit tu crois en moi, soit tu restes ici. Seul jusqu'à la fin des temps.

– Je t'aime, ai-je déclaré.

– Je sais.

– Je n'ai jamais vu ton visage. Je sens juste ma main dans la tienne. Et je te sens, toi. Ce que tu es profondément.

Je parlais encore quand elle a sauté, m'entraînant à sa suite. Un petit frisson de panique m'a saisi lorsque mon regard s'est posé sur le sol de terre battue, à 6 mètres sous nos pieds. Suite à quoi, bien sûr, nous nous sommes envolés. Je ne suis pas sûr que nous ayons jamais retouché le sol après ça.

10

Lucibelle et moi ne nous sommes pas mariés. Non que nous ayons jamais été farouchement contre ; disons que nous n'y avons jamais pensé.

Il faut dire que nous étions tous deux très occupés. Ma renarde travaillait comme agent de terrain pour une compagnie d'assurances spécialisée dans les destinations lointaines et plus dangereuses que la moyenne.

De mon côté, flanqué d'un associé, j'avais ouvert une boutique de sandwichs au jambon. Que dis-je ? LA boutique de sandwichs au jambon.

Nous proposions un modèle unique. Pain, beurre, jambon, cornichons – composition non négociable, et uniquement des ingrédients de premier choix.

Je m'occupais de confectionner les sandwichs. Mon associé (Alphonse, un ancien avaleur de sabres) s'occupait de tout le reste.

Je pourrais vous parler pendant des heures de la queue qui, au bout de deux semaines, a commencé à se former devant notre échoppe, mais ce serait passer à côté de l'essentiel : les triplés. Nos chers enfants. Amaëlle, Stramer et Graminée.

Am, Stram, Gram.

Avec des parents tels que nous, on aurait pu imaginer une progéniture insensée, des enfants fous, irréels, magnifiques.

Magnifiques, ils l'étaient assurément mais, pour le reste, ils mettaient un point d'honneur à se comporter de la façon la plus conventionnelle et la plus insignifiante possible.

Tous les trois avaient fait leur première vraie nuit vers 2 mois et s'étaient tenus assis à 5. Ils avaient marché à 1 an, avaient commencé à déchiffrer des lettres peu avant leur sixième anniversaire et avaient fini d'apprendre à lire au milieu du premier trimestre de CP.

– Je ne comprends pas, avait bougonné un soir Lucibelle alors que s'annonçait leur septième anniversaire. À leur âge, j'avais déjà fumé une cigarette et essayé la mobylette de mon père, j'avais manifesté l'envie d'apprendre l'hébreux…

– Ça alors ! Comme moi !

– … j'avais failli mourir d'une hépatite, j'avais fugué, et réclamé une mygale comme animal familier.

– Une mygale, dis-tu. Intéressant.

J'étais tombé amoureux de cette femme pour sa propension extrême à ne rien faire, à ne rien vivre, à ne rien dire comme tout le monde. Par quel sombre miracle avait-elle pu mettre au monde des enfants aux caractères – aux existences, même – aussi dépourvus d'aspérités ? Non que la faute lui en incombât, d'ailleurs : sur le plan génétique, ces garnements me devaient autant qu'à elle.

– Nous devrions nous estimer heureux, avais-je rétorqué ce soir-là. Tu sais ce qu'on dit : pas de nouvelles, bonnes nouvelles. Et aussi : le bonheur est l'absence de malheur.

– Sans ennuis, je m'ennuie.

Je lui avais tapoté la main, rassurant.

– Patience. Je suis sûr que ça va venir.

Mais ça ne venait pas. Les résultats scolaires de nos marmots, en dépit d'une intelligence que nous devinions très vive, restaient absolument dans la moyenne. Sans parler de leur courbe de croissance.

Ces enfants n'étaient ni hyperactifs, ni dyslexiques, ni bipolaires. Ils n'étaient pas astigmates, n'arboraient pas de tache de naissance inexplicable et n'étaient que raisonnablement allergiques. Leurs premières dents avaient percé en temps et en heure, tous trois avaient eu une bronchiolite et quelques autres maladies d'enfance dépourvues de complications.

C'étaient des enfants calmes et sans histoire, qui pleuraient et faisaient des caprices à l'occasion, mais sans aller trop loin.

Au début, évidemment, nous ne nous étions rendu compte de rien. L'absence chronique de péripéties pédiatriques avait cependant fini par nous mettre la puce à l'oreille, avant que nous ne commencions à faire sur le sujet une véritable fixation.

L'âge de l'entrée au collège approchait, et on aurait dit que la banalité de ces démons déteignait sur nous.

Ils aimaient les pâtes avec du ketchup. Ils aimaient les superhéros et les chatons à grands yeux. Ils étaient fascinés par les écrans, mais ne dédaignaient pas une bonne promenade en forêt, et n'appréciaient rien tant qu'un séjour dans un parc d'attractions, avec hôtel inclus et, pour terminer, un bon jeu de société (aucun ne perdait avec le sourire).

Ils lisaient les mêmes livres que les autres, écoutaient les mêmes chansons, parlaient des mêmes films, utilisaient les mêmes expressions.

– Ils sont chiants, me glissa ma mère un soir après avoir passé la journée avec eux sur une aire de loisirs. Même pas un pour se casser la cheville ou lire *Mein Kampf* en cachette. Vous leur donnez du Prozac ou quoi ?

Une torpeur doucereuse nous gagnait. Nous habitions un pavillon de banlieue et nous avions un labrador. Les vacances d'été, nous les passions en famille chez des amis qui possédaient une maison au bord de la mer. Lucibelle et moi nous intéressions à la politique. Nous avions des discussions animées avec de jeunes parents qui, comme nous, jugeaient la situation « assez préoccupante », mais, en tant que représentants avisés de la classe moyenne supérieure, s'en accommodaient tant bien que mal. Quand on nous demandait comment nous allions, nous répondions « Écoute, l'un dans l'autre, ça va plutôt pas mal ». Lucibelle se plaignait de son chef au travail et moi des impôts qui augmentaient. Ma mère était « bizarre ». Ses parents étaient « chiants », mais pas tant que ça, mais quand même. Nos rêves étaient devenus raisonnables et nos aspirations réalistes. Ma machine à voyager dans le temps prenait la poussière entre quatre murs. Je portais des lunettes pour la vue. Ma génitrice vieillissait gentiment. Lucibelle avait arrêté de fumer.

Un jour, n'y tenant plus, j'ai pris rendez-vous chez le médecin. Il m'a trouvé stressé – comme tout le monde –, m'a recommandé de faire plus de sport (marche ? natation ?) et, pourquoi pas, d'entamer un régime. Ma tension était raisonnable. Mon rythme cardiaque dans les normes. Les analyses de sang qu'il m'avait prescrites affichaient des résultats rassurants, « C'est parfait, continuez à faire attention et à lire les étiquettes des produits ». Tous les indicateurs se situaient dans la moyenne.

– Bilan parfaitement normal, m'a asséné le type en me tendant une ordonnance pour des rendez-vous chez le kiné et deux boîtes d'ibuprofène. Par rapport à votre âge et tout ça. Mangez cinq fruits et légumes par jour, ne traversez pas en dehors des passages pour piétons, bougez plus.

Je voulais mourir.

En rentrant ce soir-là, Lucibelle m'a trouvé sur le canapé, prostré dans un état de stupeur muette. Je lui ai répété ce que le médecin m'avait dit, et elle s'est laissée choir à mon côté, aussi anéantie que moi. L'écran de télé éteint nous renvoyait nos ternes reflets.

– Ça ne peut plus durer.

– Non, ai-je marmonné. Partant de là : que faire ?

– Aucune idée.

J'ai attrapé la télécommande et allumé la télé. Un de nos programmes préférés était diffusé sur la deuxième chaîne. Une émission de décoration que la plupart de nos amis regardaient aussi.

Quelqu'un en moi avait une furieuse envie de tenter un truc dingue. Prendre d'assaut l'Élysée avec un cutter ? Déposer un formulaire d'adoption pour un cœlacanthe ? Me remettre sérieusement au hongrois ?

Un soir, quelques semaines plus tard, je suis revenu à la maison avec un prospectus à la main. Lucibelle était en train de servir des pâtes aux enfants qui, quoiqu'un tantinet excités, m'ont gentiment dit bonjour. Je lui ai tendu le papier. Elle a froncé les sourcils.

– Qu'est-ce que c'est ?

Je le lui ai repris.

– Concours de l'adhésion à la norme établie. Ouvert aux enfants de 10 et 11 ans. En gros, les gamins passent des tests, on calcule la moyenne des résultats obtenus, et celui qui est le plus proche du score standard remporte le prix.

– Et celui qui a les meilleurs résultats ?

– Il ne remporte rien du tout.

– C'est débile.

– Rigoureusement. Je suis sûr que Am, Stram, Gram ont leur chance.

– Au moins, il y en a deux qui perdront. Ça les singularisera.

– Je pensais la même chose.

Nous n'avons pas demandé l'avis des enfants pour les inscrire. Nous ne leur demandions jamais rien, ils étaient contents tout le temps. Si l'expression « laisse tomber, c'est normal » avait figuré dans le dictionnaire, ils auraient pu servir d'illustrations.

Au jour J, on les a coiffés et habillés de la façon la plus anodine qui soit et on a pris la voiture pour rallier le centre d'examens.

Cinq cents gamins du même âge étaient répartis dans trois grandes salles blanches et informelles. Yeah.

L'épreuve durait deux heures montre en main. Nous, les parents, étions invités à aller faire un tour en attendant. Lucibelle et moi sommes allés prendre un café. Avec un sucre. Pas de surprise sur la facture.

Deux heures plus tard, nous sommes allés récupérer nos petits protégés. Les résultats seraient proclamés le soir même à 18 heures. En attendant, nous sommes allés au fast-food, puis au cinéma (ils jouaient un film à succès que nous avions déjà vu), puis au parc voisin pour une chouette promenade. Selon leurs dires, les enfants avaient « moyennement » réussi les tests. Tous les espoirs étaient donc permis.

Une demi-heure avant l'heure dite, nous avons rallié le centre des congrès dont on nous avait fourni l'adresse. L'auditorium principal était gigantesque, et déjà bondé. Plusieurs centaines de familles avaient pris place dans les travées. La plupart étaient calmes.

Graminée s'est curé le nez.

– Papa, pourquoi mamie nous répète toujours que quand tu étais petit, tu t'es transformé en toucan ?

– Elle vous dit ça ?

– À chaque fois.

J'ai croisé les bras.

– Mamie ne ment jamais.

– Papa, est-ce que mamie a la maladie d'Alzheimer ?

Je me suis tourné vers elle. Elle me dévisageait d'un air authentiquement inquiet.

– Ma chérie, il faut que tu comprennes une chose : la réalité, c'est de la merde. Vois ça comme une grande piscine dans laquelle tout le monde patauge. Sept milliards d'êtres humains, des tamanoirs, des glaïeuls, des puces de lit, des raz-de-marée… Respirer est essentiel. S'accorder une pause, un pas de côté… Imagine que tu tombes sur une porte avec une pancarte « interdit ». Qu'est-ce que tu fais ?

– Je… J'attends la maîtresse ?

J'ai soupiré.

– Tu n'as pas la moindre idée de ce que je raconte, n'est-ce pas ?

Lèvres pincées, elle a secoué la tête. J'ai passé une main sur sa joue, la regardant droit dans les yeux.

– Je ne suis pas comme les autres, mon cœur. Ma mère non plus, ni la tienne. Nous avons un problème.

– Quoi, comme problème ?

– J'aimerais pouvoir t'expliquer ça en termes simples. Lorsqu'il faut défiler, nous trébuchons. Lorsqu'il faut parler, nous chantons. Lorsqu'il faut rester calme, nous perçons la voûte des nuages. En gros, nos pulsions nous dépassent : nous avons du mal à rester en place. La réalité, nous essayons de la fuir. Plutôt : de nous en éloigner. Le hic, c'est que ça nous attire des emmerdes. Que ça nous met parfois dans des positions inconfortables.

– Et c'est contagieux ?

Je n'ai pas répondu. À 18 heures précises, le président de la Fondation Albert pour la normalité (la FAN) est monté sur l'estrade et s'est emparé du micro.

Après un discours d'introduction supérieurement convenu, il a commencé à égrener le palmarès, en attaquant par les cinquième et quatrième places du classement.

Quand est venue la divulgation du podium, un sentiment de tension exacerbée a gagné les participants et leur famille.

La médaille de bronze n'était pas à nous. Au moins, me suis-je dit, nos enfants ne brigueront pas les trois premières places. « Estimons-nous heureux. »

Le deuxième était un gamin vêtu d'un jean et d'un tee-shirt uni. Il a prononcé un discours de remerciements spectaculairement rébarbatif. J'ai commencé à me dire que, peut-être, aucun de nos enfants ne gagnerait. En un sens, c'était une excellente nouvelle. Ces petits crétins étaient normaux, mais ils n'étaient pas les plus normaux du monde.

Mon enthousiasme est vite retombé à l'annonce du gagnant. Pour la première fois depuis l'existence du prix, a déclaré le président, trois candidats terminaient sur un score d'égalité totale. Une performance inédite, a-t-il précisé. Par ailleurs, et c'était sans doute le plus extraordinaire, les trois gagnants appartenaient à la même famille. Des triplés.

Sans rire.

J'ai senti une goutte de sueur perler à mon front. Livide, Lucibelle m'a serré le bras.

– Tu montes sur scène avec eux ?

– Non. Je vais vomir.

Le président serrait son micro de ses deux mains.

– Je demande un triomphe pour nos formidables vainqueurs : les triplés Amaëlle, Stramer et Graminée !

Nos trois enfants se sont levés comme un seul homme et ont rejoint la scène à la queue leu leu en essayant de ne pas bousculer les spectateurs.

Une hôtesse est arrivée et leur a remis à chacun un trophée, le genre de vase en verre qu'on aurait pu gagner au supermarché du coin en soldant intégralement notre compte de points fidélité.

Le président a poursuivi son laïus avant de leur tendre le micro pour savoir s'ils avaient quelques mots à dire.

Graminée a été la première à s'en saisir. Avec le recul, je suis à peu près sûr qu'elle a cherché mon regard avant de se lancer. Tout le monde avait les yeux fixés sur elle.

– Je voudrais réciter quelque chose, a-t-elle déclaré. Hum, hum. « Alice, assise auprès de sa sœur sur le gazon, commençait à s'ennuyer de rester là à ne rien faire ; une ou deux fois elle avait jeté les yeux sur le livre que lisait sa sœur ; mais quoi ! pas d'images, pas de dialogues ! La belle avance, pensait Alice, qu'un livre sans images, sans causeries ! »

Le directeur la regardait avec étonnement. Il s'apprêtait à applaudir et à lui reprendre le micro, mais elle a fait un pas de côté, et a poursuivi.

– « Elle s'était mise à réfléchir (tant bien que mal, car la chaleur du jour l'endormait et la rendait lourde), se demandant si le plaisir de faire une couronne de marguerites valait bien la peine de se lever et de cueillir les fleurs, quand tout à coup un lapin blanc aux yeux roses passa près d'elle. »

J'ai souri.

Je savais ce qu'elle était en train de faire.

Elle était en train de réciter le début d'*Alice au pays des merveilles.*

C'était un livre qu'elle avait toujours aimé, comme la plupart des enfants, mais j'ignorais qu'elle l'avait appris par cœur.

Son audace me ravissait. Le sérieux imperturbable avec lequel elle débitait son texte. Plusieurs fois, le directeur a essayé de mettre fin à sa démonstration. Graminée l'évitait avec élégance, effectuant de petits pas de côté.

L'affaire a duré une bonne dizaine de minutes. Deux gorilles de la sécurité ont fini par monter sur l'estrade pour emmener l'impertinente à l'écart.

Dans l'intervalle, Lucibelle était revenue, une cigarette éteinte à la bouche. Médusée.

– Tu refumes ?

– Et comment ! Est-ce qu'il se passe ce que je crois qu'il se passe ?

J'ai opiné, ravi.

Notre fille se *singularisait.*

Après ça, je n'ai pas été énormément surpris quand Stramer, en guise de remerciements, s'est mis à chanter une version a cappella de *Hey Jude !* des Beatles, solo d'air guitar en prime. Ni tout à fait étonné quand Amaëlle a déclamé un discours politique directement destiné au président de la République, lui enjoignant de prêter une attention beaucoup plus soutenue au réchauffement climatique, et assommant l'audience avec des statistiques sur la fonte des glaces au Groenland.

Excédé, le directeur a prononcé un discours de clôture complètement raté. La plupart des spectateurs, de toute façon, avaient déjà quitté la salle. Ceux qui restaient nous jetaient des regards furibonds. Nous étions des parents comblés.

Aucun mot n'a été échangé durant le voyage du retour en bus. Aucun mot n'était nécessaire. La suite, nous ne savions qu'une chose à son sujet : elle était impossible à prévoir.

Dans les jours qui ont suivi, Graminée a reçu un avertissement pour conduite irrespectueuse, Stramer a réclamé des cours de chant (son dada, c'était l'opéra lyrique) et Amaëlle s'est prise de passion pour la cause tibétaine.

L'année scolaire s'est poursuivie sur le même rythme, émaillée par les lubies imprévisibles que connaissent bien les parents d'adolescents. Genre : je me convertis à l'animisme. Je me passionne pour les traditions culinaires de l'Éthiopie. Je fais croire que je tombe dans les pommes. Je veux devenir sumotori. Hey, je suis homo. Ou bi, ou tri, ou pan – ou pas. Les sciences occultes me titillent, chers parents. Je peins des toiles avec du sable et du sang. Je prends des cours de parapente par correspondance. J'apprends le Livre de Job par cœur. J'achète un perroquet bleu du Gabon.

Enfin, nous avons eu peur. Enfin, nous avons tempêté, argumenté, vitupéré, interdit, dissimulé, menti. Les menaces ont fusé :

– Vous voulez partir en colonies de vacances au Kazakhstan ?

– Oui !!!

(Réponse collégiale.)

– Eh bien non. Cette semaine, nous allons chez mamie. À la campagne. Graminée, repose tout de suite ce katana.

Grâce à nos enfants bizarres, nous sommes enfin devenus les parents que nous avions toujours rêvé d'être : sadiques juste ce qu'il faut, et raisonnablement dysfonctionnels.

11

Tels des obèses dans un lac de chantilly périmée, nous barbotions dans le bonheur contre nature qui était devenu notre marque de fabrique. Le jour du treizième anniversaire des triplés, j'ai réuni tout mon petit monde dans la cuisine. J'avais une grande nouvelle à annoncer.

– Tu vas te lancer dans les sandwichs crudités-poulet ?

– Mieux.

– Maman et toi allez vous marier ?

– J'adorerais : pour divorcer et la re-épouser ensuite. Mais non, ce n'est pas ça. Ma machine à voyager dans le temps est terminée.

Tout le monde a hoché la tête. L'existence de cette machine n'était nullement un secret : sa conception occupait la majeure partie de mes samedis après-midi. À force, cependant, ma crédibilité sur le sujet s'était copieusement émoussée. Tout le monde considérait l'aventure comme une gentille marotte sans conséquence qui ne déboucherait jamais sur un résultat concret.

Amaëlle s'est servi une pleine cuillerée de purée.

– Et qui va la tester ?

Une excellente question. Quatre paires d'yeux étaient rivées sur moi. La purée a fait sploch dans l'assiette.

– Ce n'est pas toi qui es censée présenter un exposé sur Victor Hugo la semaine prochaine ?

Elle a pris un air de chien battu.

– Y a un rapport ?

– Va savoir.

L'exposé en question était prévu pour dans huit jours exactement. Au matin fatidique, alors que tout le monde dormait encore, je suis allé frapper à la porte de ma chérubine.

Elle dormait encore. J'ai ouvert. Elle s'est redressée sur un coude, battant des paupières comme une biche, avec la réalité crue dans le rôle des phares.

– Chérie, je dois te présenter quelqu'un.

J'ai allumé la lumière et elle s'est assise d'un coup, ramenant la couverture contre elle. Un air de pure panique se lisait sur son visage.

– Que…

– Mademoiselle. Je suis très honoré.

Le vieux monsieur à barbe blanche s'est penché, main tendue. Ma fille l'a serrée en tremblant.

– Vous êtes… Vous êtes…

– Éreinté.

Un peu plus tard, nous nous sommes tous retrouvés à la table de la cuisine. Lucibelle, que rien chez moi n'étonnait, a demandé à Victor Hugo s'il prenait du thé.

– Café, s'il vous plaît.

Pensant lui faire plaisir, j'avais acheté des croissants, mais il m'a fait comprendre qu'il était quelque peu indisposé et ne mangerait rien ce matin.

Nos trois enfants le dévisageaient avec une curiosité brûlante ; l'air de parfait naturel qu'il parvenait à conserver forçait mon admiration.

Nous avions pris le métro ensemble. Il avait vu des Japonaises glousser en regardant une vidéo sur un smartphone. Il avait lui-même été filmé – par des gens pensant qu'il était déguisé. Nous avions siroté un café latte dans une enseigne très fréquentée avec Wi-Fi gratuit. Il avait failli se faire renverser par un camion-poubelle. Le monde avait pas mal changé en cent cinquante ans.

Dans la salle de bains, Lucibelle m'a pris entre quatre yeux.

– Tu es cinglé ?

– Ne me dis pas que c'est une question sérieuse.

– Tu es retourné dans le passé.

– Pas longtemps.

– Et les paradoxes temporels, tu y as songé ?

– C'est plutôt quand tu rencontres tes ancêtres que tu interfères avec l'Histoire. Au pire, il se passe quoi ? Ça crée un autre univers.

– Je te trouve bien flegmatique. Et dans le passé, il existe toujours ?

– Victor ? Non, il est parti se balader.

– Mettons que tu n'arrives pas à le ramener.

– Tu es fatigante, à toujours imaginer les pires scénarios.

– Un monde sans Hugo : tu te rends compte ?

– Je pense que ça se saurait.

– Comment ça ?

– Eh bien, notre fille est en train de l'étudier au collège. Ça tendrait à prouver qu'il existe toujours. Qu'il a réussi à rentrer chez lui.

Elle a porté une main à son front.

– J'ai mal à mon Q.I.

– Quand je le raccompagnerai à son époque, on ira boire un coup – j'émietterai un neuroleptique dans son bourbon et il s'imaginera qu'il a rêvé toute l'histoire.

– N'importe quoi.

– Je sais que ce n'est pas l'idée du siècle, mais je n'en ai pas de meilleure. Allez, viens, ne le laissons pas seul avec les enfants.

Quand nous avons regagné la cuisine, Victor et les triplés parlaient littérature en grignotant des toasts à la confiture de papayes. Hugo voulait savoir s'il était toujours célèbre dans le futur. Amaëlle lui a montré son exemplaire d'*Hernani* ; il a rosi de plaisir.

Ils étaient encore en train de bavasser lorsque nous sommes partis au collège. Pour une fois, j'avais décidé d'accompagner les enfants. L'idée de les laisser gérer le vieil écrivain de A à Z me rendait nerveux, mais mon inquiétude était contrebalancée par une juste et légitime fierté paternelle. « Et vous, les autres pères, vous faites quoi, pour vos gosses ? »

Devant les grilles de l'établissement (je regrettais que le collège ne s'appelât pas Victor Hugo ;

d'un autre côté, notre ami avait peut-être déjà assez le melon comme ça), j'ai laissé partir mon quatuor avec un léger pincement au cœur.

Trois minutes plus tard, tandis que j'étais en train de répondre à un SMS assez acerbe de Lucibelle, Amaëlle et Victor sont revenus vers moi au pas de course. J'ai rangé mon téléphone.

– Qu'est-ce qui se passe ?

– Ils ne veulent pas le laisser entrer.

– *Quoi ?*

– Normes de sécurité.

– Et merde.

Victor a haussé un sourcil. Mes épaules se sont affaissées.

– À vrai dire, ai-je soupiré, je m'y attendais. Le monde n'est pas prêt ; les gens ont l'esprit étriqué, les gens manquent d'imagination. Aucune aspiration réelle à la grandeur.

– Là-dessus, a dit Hugo, je ne puis que vous rejoindre.

– Aussi loin que je me souvienne, on m'a toujours mis des bâtons dans les roues. J'ai fabriqué une machine à voyager dans le temps qui fonctionne, et le monde entier s'en tamponne. C'est tout à fait déprimant.

– Allons, allons, a fait Victor en me serrant le bras. Rancune et mélancolie sont mauvaises conseillères.

Ce n'était certes pas sa meilleure réplique. J'ai consulté ma montre.

– Il serait sans doute prématuré de se taper un burger.

– Un quoi ? a demandé Victor.

Abattus, nous sommes rentrés à la maison. Lucibelle était sortie faire une course, mais elle avait laissé un Post-it sur le réfrigérateur.

Trouduc.

Ma femme était du genre à mettre un point même quand elle n'écrivait qu'un mot. J'ai fourré le Post-it dans ma bouche. Il y en avait un autre en dessous.

Ta mère a appelé.

– Votre mère a appelé et votre femme n'a pas réagi ? s'est étonné notre hôte, qui n'avait jamais entendu parler du téléphone.

– C'est plus compliqué que ça.

J'ai attrapé le téléphone. Victor s'était laissé tomber sur une chaise. Il jouait avec un allume-gaz.

– Vous avez une maîtresse ?

J'ai composé le numéro de ma mère.

– Pas que je sache.

– Vous devriez. C'est excellent pour la santé.

– Mm.

– Pour la créativité, aussi.

Ma mère a décroché.

– Oui ?

– Salut, maman. Lucibelle m'a dit que tu avais appelé.

Victor, qui ne saisissait pas à qui ou à quoi je parlais, a froncé les sourcils. À l'autre bout de la ligne, j'entendais la musique du *Roi Lion* poussée à plein volume.

– Une petite minute, a dit ma mère.

Elle est allée baisser le son. Victor effectuait des moulinets avec l'allume-gaz en émettant d'énigmatiques bruits de bouche. Cette finaude d'Amaëlle avait regagné sa chambre en me laissant seul avec lui. Je n'étais pas loin de lui en vouloir.

– Excuse-moi, a fait ma mère. Tu disais ?

– Rien.

– Ah oui, pardon. Bon anniversaire, mon grand.

– *Wie bitte ?*

– Eh bien, on est le 16 avril, non ?

– Aux dernières nouvelles.

– Tu n'es pas né le 16 avril 1972 ?

J'ai repris l'allume-gaz des mains de Victor. Mon air réprobateur l'étonnait.

– Je suis né le 16 mai, maman.

Il y a eu un silence. Puis :

– Oups.

Puis :

– Tu en es certain ? Après tout, tu ne mesurais que 50 centimètres. Comment pourrais-tu te rappeler une chose pareille ?

Combiné coincé contre le menton, j'ai sorti mon portefeuille. Victor Hugo inspectait l'intérieur du réfrigérateur.

– 16 mai 1972, ai-je déclaré : c'est ce qui est inscrit sur ma carte d'identité.

– Mouais, a fait ma mère. Comme si l'administration ne commettait jamais d'erreurs.

– C'est gentil quand même.

– Quoi qu'il en soit, j'ai une surprise pour toi. Tu te rappelles Christian Morel ?

– Qui ?

– Peut-être que je ne t'ai jamais parlé de lui. C'est le propriétaire du club de sport où je fais du cardio trois fois par semaine.

– Le propriétaire ?

– P-DG, si tu préfères.

– C'est une chaîne, maman ! Il possède trois cents clubs sur toute la France.

– Huit cent quatre-vingts en Europe.

J'ai digéré l'information en surveillant mon écrivain du coin de l'œil. Il se penchait sur le grille-pain, à présent. Son expression ressemblait à celle d'un promeneur du dimanche qui serait tombé sur une carcasse de soucoupe volante.

– OK. Et alors ?

– Alors, je lui ai parlé de toi et de ta petite famille, et…

– C'est ton amant ?

– Où vas-tu chercher une idée pareille ? C'est un gentleman !

– Mouais.

Victor Hugo venait de glisser un doigt dans la fente du grille-pain. Mâchoires serrées, je suis allé débrancher l'alimentation.

– Il nous invite.

– « Nous » ?

– Toi, Lucibelle et les enfants.

– Où ?

Hugo a appuyé plusieurs fois sur le bouton « marche », sans résultat. Désappointé, il est allé se rasseoir. Il faisait la même tête que notre défunt labrador quand on lui confisquait sa baballe.

– Où vous voulez.

Soupir.

– Je ne pige strictement rien à ce que tu racontes, maman.

Je l'imaginais très bien sourire.

– Christian a un jet. Privé.

– Voyez-vous ça.

– Avec pilote.

– Fichtre.

– L'appareil possède une autonomie de 1 2000 kilomètres.

– Tu parles une langue que je ne comprends pas.

– C'est assez pour aller au Japon, mon grand.

– On va au Japon ?

– Ça dépend de vous. Tu n'es pas excité ?

– Je suis toujours dans le brouillard.

– Week-end prolongé. Nous pouvons partir ce soir. Retour dimanche. C'est *ton* anniversaire. Qu'est-ce qui te ferait plaisir ?

J'ai porté une main à mon front. La cuisine commençait à tanguer.

– Ce week-end, ça ne va pas être possible.

– Comment ça ?

Je regardais Victor Hugo. Tout en jetant des regards implorants à la fenêtre, il se caressait l'abdomen pour faire taire les gargouillis.

– On a un invité.

– Qui ? Marc ?

Je ne savais pas qui était Marc.

– Quelqu'un que tu ne connais pas, maman. Enfin, si, tu le connais, mais c'est… délicat. Une autre fois, d'accord ?

– Taratata. Ce week-end ou jamais.

– Alors jamais.

– Est-ce que ton ami est végétarien ?

– Hein ?

Victor était parti dans le salon. Machinalement, je l'ai suivi – je le suivais partout. Il examinait les rayonnages de la bibliothèque. Sans doute cherchait-il une édition intégrale à son nom ?

– Régime sans gluten, peut-être ?

– Mais enfin, maman, pourquoi tu me demandes ça ?

– Pour les plateaux-repas. Dans l'avion.

– Je t'ai déjà dit…

– Un taxi passera vous prendre à 16 heures. Vous devriez être à l'aéroport vers 16 h 45. Décollage à 17 h 15. Pas de contrôle bagages. Chouette, non ?

Victor avait tiré le livre *Le Chocolat en 101 recettes* de sa cachette. Il le feuilletait avec une sorte de crainte respectueuse.

Ma mère continuait de blablater, mais je ne l'écoutais plus. Je m'étais arrêté devant la rangée des guides touristiques. Tout un tas de pays où nous n'avions jamais mis les pieds. Peut-être le temps était-il venu de rêver en plus grand ?

– Maman.

– C'est moi.

– Tu as bien dit « où vous voulez » ?

– Ce sont en effet les mots que j'ai prononcés.

– Le Congo, ça irait ?

Victor tapotait la recette intitulée « gâteau au chocolat magique » en roulant de grands yeux.

– Comme il te plaira, a répondu ma mère.

Une idée fascinante commençait à germer dans mon esprit. « Bienvenue à l'asile » aurait pu lui servir de sous-titre.

– Il faudrait que j'apporte quelque chose.

– Un petit sac devrait suffire.

– Un autre truc.

– Un autre truc comme quoi ?

Je suis reparti dans la cuisine pour que Victor ne m'entende pas.

– Une grosse machine. Une surprise qui devrait vous faire plaisir, à Christian et à toi.

– Supercalifragilisticexpialidocious ?

– À tes souhaits.

– Apporte ta grosse machine, mon grand. Je t'envoie une camionnette avec le taxi.

Bien sûr, elle n'avait aucune idée de ce dont je parlais. J'avais toujours aimé ça, chez ma mère : elle était partante pour tout, tout le temps, et encore plus depuis la mort de mon père.

J'étais certain que l'idée l'enchanterait, mais je me disais aussi que ce serait mieux si ça restait une surprise.

J'ai appelé Lucibelle. À elle, je n'ai pas parlé de la machine. Quand elle m'a demandé ce que j'allais faire de Victor, je lui ai dit que je captais mal. Elle m'a répété ce qui était inscrit sur le Post-it (pas celui qui parlait de ma mère).

Plus tard, et alors que nous nous apprêtions à grimper dans le jet privé de Christian, nous deux, les triplés et Victor (ma mère et son amant nous attendaient à l'intérieur en grignotant des cacahouètes au wasabi, si je devais en croire son dernier SMS), elle m'a entraîné à l'écart. Ses doigts s'étaient refermés sur mon poignet telles des serres.

– Sois sage, ô ma douceur.

– Pourquoi n'as-tu pas renvoyé Victor Hugo chez lui ?

– Les enfants l'apprécient beaucoup.

– Conneries : ils ne lui ont pas adressé la parole de tout le trajet.

– *Moi*, je l'apprécie. Et c'est mon anniversaire.

Elle a levé les yeux au ciel. Le détail gênant, c'est que la machine à voyager dans le temps ne fonctionnait qu'une fois toutes les douze heures. Je ne savais pas trop comment lui présenter la chose.

– Ta machine fonctionne une fois toutes les douze heures : tu aurais pu rapatrier ce pauvre homme chez lui dès ce soir.

– Ce soir, nous serons dans l'avion.

– Et puis quoi ? Tu aurais pu charger la machine dans l'appareil.

– Aurais-tu perdu l'esprit, suave aimée ?

Elle allait répliquer quand une voix a crié mon nom. Je me suis retourné. Un type avec un casque de chantier se dirigeait vers nous. Aux commandes d'un chariot élévateur, son copain patientait. Sur ce chariot : une grosse caisse en bois. Le type a ôté son casque.

– Monsieur… Excusez-moi, mais votre machine à voyager dans le temps, on va être obligés de la ranger en soute.

Lucibelle a dardé sur moi un regard plus noir qu'une toile de Soulages.

– Laisse-moi t'expliquer, ai-je commencé.

Soit à peu près la pire phrase que puisse prononcer un homme. Ma femme s'est détournée de moi et est partie rejoindre les triplés et Victor. Le type a remis son casque.

– J'ai dit quelque chose qu'il ne fallait pas ?

Soupir.

– Pas votre faute. La machine, donc. En soute. Très bien. Laissez-moi d'abord procéder à deux-trois réglages.

Il a acquiescé, et nous sommes partis vers le chariot élévateur.

À bord de l'avion, par les hublots, tout le monde essayait de comprendre ce que je fabriquais. J'ai ignoré les regards.

Cinq minutes plus tard, je finissais d'entrer les nouvelles coordonnées temporelles dans le sélecteur. Sur 148 millions d'années, il m'avait fallu choisir une date au jour près.

Le transfert était programmé pour demain matin à 2 heures : soit peu de temps avant notre arrivée.

Nous avons décollé à 19 heures avec la machine dans le jet, solidement sanglée. Lucibelle me faisait la tête, les triplés regardaient des vidéos sur leurs téléphones, et j'avais versé une double dose de calmants dans le cognac de Victor avec l'espoir qu'il arrête de trembler comme une feuille (ça n'a pas suffi).

Nous nous trouvions dans les airs depuis moins d'une heure quand une pensée m'a traversé l'esprit. Le monde du jurassique supérieur – étage tithonien – ne ressemblait pas du tout à notre monde à nous. Les continents, par exemple, n'avaient pas la même forme, n'étaient pas situés au même endroit. Atterrir risquait de ne pas être une partie de plaisir. Fallait-il en glisser un mot au pilote ? À la place, je me suis envoyé une grille de sudoku.

Peu après 20 heures, et tandis que nous survolions la Méditerranée, Christian a commencé à distribuer les plateaux-repas. Marrant, le petit nouveau : costume de lin, moustache années 70 – il me faisait penser à un second rôle de *Tintin en Afrique*. Ma mère s'étouffait de rire chaque fois qu'il ouvrait la bouche. J'étais heureux pour elle. Le fantôme de mon père devait regarder tout ça en se curant les ongles. Ou en caressant son lapin nain, qui sait ? La mort est un territoire mystérieux.

À 21 heures, je suis allé voir Lucibelle, qui avait choisi une place à l'écart. Elle feignait de dormir.

Je n'étais pas peu fier d'avoir épousé une femme aussi rancunière.

Victor Hugo, lui, ne faisait pas semblant. Il ronflait, bouche ouverte, devant son plateau-repas quasi inentamé.

J'ai regagné ma place. Ma mère s'était installée sur le siège d'en face. Elle m'attendait.

– Tout va bien ?

J'ai haussé les épaules.

– Super.

– Tu es contrarié.

– Si peu.

– J'ai une nouvelle à t'annoncer.

Mes doigts se sont crispés sur les accoudoirs. Ce sourire empreint de compassion n'annonçait rien de bon.

– Quoi ? Tu travailles pour la CIA ?

– C'est à propos de ton… de notre problème.

– Notre problème.

– D'ajustement à la réalité.

J'ai reniflé.

– Je t'écoute.

– Je vais aller droit au but : le meilleur ami de Christian est médecin. Généticien, pour être plus précis. Spécialisé dans les pathologies neurologiques.

– Tu m'inquiètes, là.

– Nous avons procédé à des analyses.

– Quel genre ?

– ADN. Je suis porteuse d'un gène aussi rare que turbulent, trésor. Et tout indique que je te l'ai transmis.

Depuis quand ma mère m'appelait-elle trésor ? Par le hublot, j'ai jeté un œil à la nuit poudrée d'étoiles.

– Continue.

– Il faut voir ça comme un virus. Un parasite, si tu préfères, qui agirait à notre insu. Dans leur jargon scientifique, les spécialistes l'appellent le facteur delta : comme la lettre grecque.

Je l'observais, intrigué. Elle s'était teint les cheveux. Elle avait rajeuni.

– Et il fait quoi, ce virus ?

– Il t'éloigne de la réalité. En permanence. Comme s'il te tirait par la main. Comme s'il tenait à tout prix à ce que tu quittes le droit chemin. « Ne va pas là ! Suis-moi, ou une langueur mortelle t'étouffera ! »

– Un générateur d'embrouilles, donc.

– Et de surprises. D'inattendu. Je suppose que ça ne te surprend pas outre mesure. Toute ta vie, tu t'es efforcé de rester sur le droit chemin en question. Tu as essayé d'être « normal » (elle a mimé les guillemets).

– Et tu l'as découvert quand ?

– Quoi donc ?

– Le facteur. Pourquoi est-ce que tu as attendu tout ce temps pour faire des analyses, si tu soupçonnais quelque chose ?

– Je ne soupçonnais rien ; je cherchais. Depuis toujours, je cherche. Pourquoi crois-tu que je voyage autant ? C'est en discutant avec le médecin que j'ai décidé de suivre cette piste. Nous parlions de moi, de toi, de nous. Du nombre ahurissant de choses extraordinaires qui nous étaient arrivées. Des choses contrevenant aux principes les plus élémentaires de la « réalité » (de nouveau, des guillemets). Tu t'es battu, mon grand. Tu as passé ton existence à te battre pour convaincre les autres que tu étais comme eux. Une illusion complète. Maintenant, tu peux en être sûr : ce n'était pas ta faute.

– Existe-t-il un traitement ?

– Contre…

– Ce facteur delta.

Je repensais à la question de Graminée, à l'auditorium. Me demandant si c'était « contagieux ». Ma mère a cligné des yeux.

– Non. En revanche, a-t-elle répondu comme si elle lisait dans mes pensées, le gène se transmet. Systématiquement ? On l'ignore. Par ailleurs, il semblerait que les porteurs s'attirent. Ton épouse, par exemple…

– Je m'en doutais.

– Tout ce qu'on peut faire, si tant est qu'on tienne à faire quelque chose, c'est s'arc-bouter. Résister. À chaque fois, revenir sur le sentier principal. Parce que si on s'en éloigne trop…

Elle n'a pas fini sa phrase : les points de suspension planaient telle une menace.

– Je suis désolée que cette révélation arrive si tardivement, mon grand. Crois-moi, je m'en suis posé, des questions.

– Je ne te reproche rien, maman.

– Le docteur pense que le facteur est plus fort chez toi que chez moi. Sans doute ton père était-il porteur, lui aussi. Ça expliquerait qu'il m'ait plu autant. Ça expliquerait aussi qu'il ait choisi de devenir prestidigitateur : il n'y a pas plus réel que ce métier.

Je me suis caressé le menton.

– Donc… J'ai pu – nous avons pu – transmettre le virus aux enfants.

Elle a eu l'air embêté.

– Il faudrait procéder à d'autres analyses.

– Ha, ha. Ils vont être contents, eux qui adorent les prises de sang. (Elle s'est penchée pour me caresser la main – doucement.) Arrête ça.

– *¿ Qué ?*

– Je n'ai pas besoin de ta pitié, maman. J'ai besoin de solutions. Qu'est-ce qu'on sait, sur cette maladie ? Y a-t-il d'autres personnes atteintes de par le monde ? À part toi, moi et Lucibelle, veux-je dire.

Soupir maternel.

– Ce n'est pas une maladie. Et, oui, il est évident que nous ne sommes pas les seuls atteints. Le docteur m'a parlé de Lewis Carroll, notamment. De J.R.R. Tolkien. De James Barrie, l'auteur de *Peter Pan*. De Tim Burton. De Walt Disney, aussi.

J'ai souri.

– Tiens donc.

– Oui, hein ? Comme si je l'avais senti, depuis tout ce temps.

J'ai soupiré. J'ai croisé les bras.

– Bien. Bien, bien, bien. Rien d'autre ?

– Non.

Quittant mon siège, j'ai déposé un baiser sur son front.

– C'est presque une bonne nouvelle, finalement. Au moins, je sais que je ne suis pas taré. En ce qui me concerne, on peut parler d'une révélation. Les gens ne me croiront pas plus, mais moi, je saurai.

Elle a levé sur moi ses grands yeux pleins d'amour.

– Vraiment ? Tu ne m'en veux pas ?

– Je n'ai aucune raison de t'en vouloir. Il va juste falloir que je digère la nouvelle. Bonne nuit.

Je me suis dirigé vers le fond de l'appareil. Pour l'heure, dormir était tout ce dont j'avais besoin.

Je suis allé embrasser les triplés, et j'ai avisé un siège non loin d'eux. Je l'ai incliné en position couchette.

J'ai rêvé de la machine, cette nuit-là. Je ne me rappelle plus précisément ce qui se passait, mais l'imprévu tenait une place de choix dans l'intrigue.

Plus tard, au cœur de l'obscur, une immense secousse s'est produite, et c'est comme si mon rêve s'était fait rattraper par la réalité – une réalité toute nue et courant à 120 km/h, mais trouvant le temps de se retourner pour nous tirer la langue.

12

J'écris ces lignes installé au creux de la fourche inférieure d'un arbre par ailleurs gigantesque dont j'ignore absolument et définitivement le nom.

Le confort est médiocre ; il ne me reste que cinquante-cinq minutes de batterie. Après, ce sera terminé. Extinction des feux, définitive : l'ère jurassique n'a pas été livrée avec des prises de courant.

Lucibelle est restée dans l'épave avec les triplés et ma mère. Victor Hugo a disparu dans la forêt après avoir déclaré qu'il allait « complaire à la nature » (« Je crois que ça veut dire "pisser" », a doctement commenté Stramer, qui a l'intention de poursuivre des études littéraires). Christian est parti avec Paulo, le pilote, pour « chasser ». Ils ne sont armés que d'un pistolet – celui de Paulo – et de deux fusées de détresse. Je ne sais pas ce qu'ils vont arriver à tuer avec ça, mais ils ont l'air déterminés. L'avenir nous dira si la chair du diplodocus crue est comestible.

Si vous lisez ces mots, c'est que, d'une façon ou d'une autre, nous nous en sommes sortis. Ce matin, je me suis fait deux promesses : celle de mener, dès notre retour au XXIe siècle, une vie paisible et sans heurts ; et celle de coucher sur le papier une sélection (nécessairement réduite) des aventures bizarres, effrayantes et/ou rigolotes qui me sont arrivées du jour de ma naissance à aujourd'hui.

Je veux devenir écrivain. Pas pour gagner de l'argent – je ris à cette idée –, mais pour essayer de donner un sens à tout ça.

J'ai beaucoup réfléchi, cette nuit, avant que l'aube n'arrive. La meilleure stratégie, pour tenir le facteur delta en respect, pourrait bien être de coucher mes aventures sur le papier. Histoire de les figer. Histoire de circonscrire le délire.

J'en ai parlé à ma mère, et elle pense que l'idée n'est pas mauvaise. Si on ne fait rien contre ce machin, il vous emmène si loin que vous ne pouvez pas revenir. Écrire est une façon de lui adresser un message. « Tu ne me fais pas peur. Regarde ce que je fais de toi : un roman. » Un traitement par l'absurde, sans effets secondaires. Pas mal, non ?

***

À 2 heures du matin, donc, un choc violent m'a tiré de mon sommeil. Paulo criait. Christian hurlait. Ma mère aussi, et Lucibelle, et les triplés. (Victor, lui, ronflait toujours ; j'avais dû y aller un peu fort sur les calmants.)

Dans le cockpit, tous les écrans de contrôle et de navigation avaient rendu l'âme. Brusquement, comme ça : noir complet.

Dans ces conditions, piloter devenait malaisé. D'autant que nous ne survolions pas du tout ce que nous étions censés survoler.

Une imposante montagne au sommet couronné de neige se dressait droit devant. Paulo l'a évitée de justesse, et tout le monde est tombé à la renverse. (Victor compris, qui s'est réveillé d'un coup et s'est mis lui aussi à beugler comme un veau.) Nous piquions vers la jungle.

Je ne sais pas très bien comment Paulo a réussi à nous faire atterrir, vingt minutes plus tard, mais le fait est qu'il y est parvenu : sur une immense prairie d'herbes hautes, juste au bord d'un lac où s'ébattaient, au milieu des brumes nocturnes, de sombres silhouettes démesurées. Quand l'aurore est venue, deux heures plus tard, nous avons compris que les ombres en question étaient des brontosaures.

– Relax, ai-je annoncé, assis devant l'épave de l'avion à moitié éventré, dont l'une des ailes était brisée. Je connais ces animaux : ils sont herbivores.

Calfeutrée dans les profondeurs de l'appareil, planquée sous une couverture, ma mère refusait obstinément de sortir.

J'ai pensé à lui parler de ce long métrage Disney sorti quelque temps auparavant et qui avait pour héros un jeune et sympathique dinosaure doué de parole. Et puis je me suis dit que ce n'était peut-être pas la meilleure initiative à prendre attendu que, dans le film en question, la plupart des sauropodes se bouffaient entre eux.

Assise à mon côté, Lucibelle a allumé une cigarette. Il lui en restait sept en comptant celle-ci, m'a-t-elle glissé sur le ton de la confidence semi-tragique. « Tu sais comment je suis quand je n'ai plus rien à fumer. »

Ça sonnait comme une promesse. Elle m'en voulait toujours.

D'accord : sur ce coup-là, je n'étais pas exempt de reproches. Première faute de jugement ? J'avais pris, de ma seule initiative, la décision d'emmener toute ma famille en vacances à l'ère jurassique. Deuxième ? La machine à voyager dans le temps avait souffert lors de notre atterrissage forcé ; en gros, elle avait cramé aux trois quarts. Certes, avec les outils et la technologie adéquate, j'aurais pu essayer de la réparer ; ça m'aurait pris quelques semaines, mais ça aurait été un début. Ce qui nous amène au troisième souci. Il n'y avait, à bord de l'avion, qu'un marteau, un tournevis et une clé de douze.

– Tu veux une bonne nouvelle ?

Ma femme n'a pas répondu.

– Les tyrannosaures n'apparaissent qu'à l'ère du crétacé.

– Et les allosaures ?

Amaëlle avait la désagréable manie d'apparaître dans mon dos sans s'annoncer.

– Ils ne nous mangeront probablement pas. Mon avis, c'est que nous leur ferons peur. Nous représentons quelque chose de nouveau à leurs yeux. La plupart des animaux sont néophobes : ils craignent la nouveauté.

– Dans *Jurassic Park*, a fait remarquer ma fille, les dinosaures carnivores n'ont pas l'air d'être super terrifiés par la nouveauté.

Je me suis passé une main dans les cheveux.

– Scientifiquement, ai-je maugréé, ce film ne tient pas la route.

– Et toi ? a marmonné Lucibelle.

– Quoi, moi ?

De nouveau, elle s'est murée dans son mutisme. Est-ce que le fait d'être la femme de ma vie lui octroyait automatiquement le droit d'avoir un caractère de merde ? J'ai médité un moment cette question avant que les jumelles, assises sur l'aile brisée, se mettent à piailler : deux bons gros trucosaures pourvus d'écailles dorsales tout-terrain venaient de faire leur apparition dans la clairière. À première vue, notre présence les indifférait. J'ai souri.

– Stégosaures, ai-je murmuré.

– Steaks au poivre, a hasardé Stramer avant de baisser la tête, mortifié.

Je massais mes jambes engourdies. Au moment où je me suis levé, une libellule de la taille d'un drone est passée devant nous en vrombissant. Un coup de feu a retenti au-dessus de la forêt. Je me suis frotté les mains.

– Chic. On va bientôt passer à table.

Je me suis baissé pour refaire mon lacet, et j'ai sorti mon smartphone de ma poche. Comme de juste, nous n'avions pas le moindre réseau, mais la fonction photo restait opérationnelle. Je l'ai activée en mode panorama et j'ai essayé de prendre un instantané du paysage à 360 degrés. Au loin : une chaîne de monts escarpés, émergeant d'une ceinture de nuages. Plus près de nous : la forêt primaire, hérissée de palmiers géants. De temps à autre, comme d'un vaste océan vert bouteille, une tête idiote émergeait à l'extrémité d'un long cou, et un animal au nom latin compliqué s'attaquait avec appétit aux branches intermédiaires d'un arbre de 15 mètres de haut.

Dix minutes plus tard, un second coup de feu a résonné au-dessus de la forêt, et une volée de ce que j'ai identifié comme étant des archéoptéryx a jailli dans l'air tiède et mauve en poussant des cris perçants.

J'étais à la fois émerveillé et un poil inquiet. Mains dans les poches, Stramer est venu me rejoindre.

– On a un contrôle de maths lundi. Ça veut dire qu'on va le louper ?

Je lui ai ébouriffé la tête, et j'ai senti mon cœur se serrer. Il avait 14 ans. À cet âge, on tombe amoureux, on pose des questions impertinentes sur la démocratie, on perce ses boutons devant un miroir.

Lui, il allait bientôt devoir apprendre à courir très vite et à fabriquer une fronde avec une liane et un caillou sous peine de finir entre les crocs d'un carnassier de 5 mètres lancé à ses trousses telle une voiture de police mexicaine.

– À quoi tu penses ?

Assise contre la carlingue, Lucibelle avait enfoui son visage entre ses genoux telle une autruche. Une autruche qui, tout à l'heure, m'avait menacé de demander le divorce si je ne trouvais pas une solution vite fait.

– À rien.

Je suis allé retrouver ma mère. Il m'a fallu dix bonnes minutes pour la convaincre de sortir de sous sa couverture, et dix autres pour qu'elle consente à venir faire un tour avec moi.

Je ne lui avais pas vraiment expliqué, pour la machine à voyager dans le temps, mais je crois qu'elle avait deviné.

Je lui avais rarement vu une mine si dépitée.

Nous nous sommes arrêtés devant un simili-baobab planté au milieu de la prairie. Des dinosaures de poche au look de poulets déplumés ont relevé la tête à notre approche. L'un d'eux avait un ver de terre dans la bouche. Nous les dérangions en plein repas.

– Ça va, avec Christian ?

– La ferme.

Elle aussi m'en voulait. Peut-être qu'il valait mieux que je prenne mes cliques et mes claques et que je disparaisse un moment.

J'ai reniflé. Elle a sorti son téléphone et a commencé à faire défiler des noms. Pas le moment de poser une question. Enfin, elle s'est écartée, l'appareil collé à l'oreille. Qui espérait-elle joindre sans le moindre réseau ?

Elle a commencé à marcher au hasard, avec cet air concentré qu'ont les gens quand ils attendent que leur interlocuteur décroche.

Bien entendu, ce n'est pas arrivé. Mais elle avait dû obtenir une tonalité tout de même car, à ma grande surprise, elle a entrepris de laisser un message.

– Bonjour, c'est Christiane. Je ne sais pas si vous vous souvenez de moi, mais voilà : nous avons pris un café ensemble, il y a quarante-trois ans. Quelques mois après que vous êtes venu à la maison et, euh, bien qu'il ne soit strictement rien passé entre nous, je le précise, vu que j'étais mariée et tout ça, vous m'avez gentiment dit que je pourrais vous contacter si j'avais besoin de quoi que ce soit. Je ne l'ai jamais fait ; enfin si, une fois. Votre répondeur, vous l'avez acheté pour la déco ? Enfin bref : j'ai toujours pensé que, dans la vie, on ne pouvait compter que sur soi-même. Que les choses étaient bien comme elles étaient. Mon mari est mort d'un cancer, et vous voyez : je n'ai même pas songé à vous appeler au secours. Si je le fais aujourd'hui, c'est que, je pense, nous sommes confrontés à un problème que nous allons avoir du mal à résoudre seuls. Je dis « nous » pour mon fils et moi. Il y a mes petits-enfants, en outre, et ma belle-fille, et un ami – tout le monde croit que nous sommes amants mais c'est faux –, il y a un pilote brésilien, en outre, et, oh, ce type qui s'appelle Victor Hugo, je présume que vous connaissez. Quoi qu'il en soit, nous sommes coincés dans le passé, à... (elle m'a interrogé du regard) attendez...

– -148 millions d'années, ai-je soufflé.

– -148 millions d'années, a-t-elle répété, avant vous-savez-qui, et, donc, je me disais que ce serait sympa de votre part de nous donner un coup de main. Je vous préviens, j'ai vieilli, rides, cheveux blancs et tout le décorum, et non : je ne coucherai pas avec vous. Mais je veux bien reprendre autant de cafés que nécessaire, surtout si c'est vous qui payez. Mon numéro doit s'afficher sur votre écran et, quand bien même ce ne serait pas le cas, j'imagine que vous serez capable de le retrouver par vous-même. Alors surtout, n'hésitez pas, je ne bouge pas, hein, ha, ha, nous étions supposés atterrir à Brazzaville au Congo et… Merde.

Elle a contemplé son écran avec dépit.

– Messagerie pleine. Vacherie.

– Tu appelais qui ?

Elle a étouffé un petit rot gracieux.

– Dieu.

Je l'ai crue.

J'ai toujours fait confiance à ma mère et, aujourd'hui, je serais heureux de savoir que j'ai eu raison.

Immanquablement arrive un jour où vous rêvez qu'un pouvoir supérieur règle vos problèmes à votre place, que ce pouvoir s'appelle maman ou

Dieu ou le collègue de votre femme au sein d'une compagnie d'assurances honnie.

Voilà où nous en sommes. Moi, perché dans mon arbre, mon PC sur les genoux et le message d'avertissement qui commence à clignoter (« Comment tu vas faire pour recharger ta batterie, hein, petit malin ? »), essayant de terminer un roman aux vertus salvatrices que personne, sans doute, ne prendra au sérieux, et ma femme qui me fait la gueule, et mes enfants qui cherchent Victor Hugo dans la forêt.

J'espère vraiment que Dieu va rappeler ma mère. J'aimerais que ça se termine aussi simplement que ça, avec ce genre de fluidité tendre. Parce que si ce n'est pas le cas, et si je veux avoir une chance que vous découvriez mes aventures un jour (c'est officiel, vous l'aurez compris, et j'aime à croire que c'était écrit depuis le début : j'ai la ferme intention de devenir romancier. Ce n'est pas plus absurde que de s'intéresser à la vie sexuelle des pangolins et, si ça peut m'aider à trouver un semblant de paix intérieure, je suis prêt à tous les sacrifices – du genre ne me raser qu'un jour par semaine et entrer quotidiennement mon nom dans des moteurs de recherche), si je veux que vous lisiez mon livre, donc, il va falloir que je descende de ce foutu arbre préhistorique et que je me retrousse une nouvelle fois les manches.

Or, pour être honnête, je commence à fatiguer un peu.

Remerciements

Thomas a dit « oui » au toucan. Thomas est un chic type. Si vous le croisez, offrez-lui au minimum une bière.

Soazig, elle, a dit non. On s'en fiche : j'aime bien Soazig.

Gérald fait partie des mecs qui ont tenu à ce que ce livre existe. Alors, copain ? On fait moins son malin, maintenant, mm ?

Katia apparaît sous une forme ou une autre – fût-ce celle d'une panthère ou d'une orchidée – dans chacun de mes bouquins. Celui-ci ne fait pas exception à la règle.

RÉALISATION : NORD COMPO À VILLENEUVE-D'ASCQ
IMPRESSION : CPI FRANCE
DÉPÔT LÉGAL : AOÛT 2018. N° 140550 (147282)
Imprimé en France